お金はあげないっ

お金《かね》はあげないっ

篠《しの》崎《ざき》一《ひと》夜《よ》

ILLUSTRATION
香《こう》坂《さか》透《とおる》

CONTENTS

お金はあげないっ

お金はあげないっ

「勤務時間内は、俺に絶対服従だろ？」

わずかに低く、声を落とす。

腹に響く低音が、唆《そそのか》すような掠《かす》れを帯びた。我ながら、意地の悪い声だ。そう思うくせに、声からは笑う気配が失《う》せない。

薄い唇を歪《ゆが》め、狩納《かのう》北《ほく》は事務机に右の踵《かかと》を引き上げた。

厳《いか》つい踵を、磨き上げられた革靴が包んでいる。靴に限らず、男が身に着けるのはどれも一目で仕立てのよさが窺《うかが》えるものばかりだ。暗い灰色のスーツに皺《しわ》はなく、織り目の一つにまでも、細やかな神経が行き渡っている。既製服でないことは、一目瞭然だ。そもそもこの長身に添うスーツが、吊《つ》られているとも思えない。

行儀悪く机に尻を置いていてさえ、体軀《たいく》の頑丈さが見て取れる男だ。過度ではないが、胸にも肩にも十分な厚みがある。実用的でありながら、人の目を惹《ひ》かずにはおられない造形だ。

それは群を抜いた、長身にだけ言えることではない。彫りの深い容貌《ようぼう》は無論、節の高い指の先に至るまで、狩納を形づくるものは全てにおいて人の視線を集めた。

すっきりと通った鼻筋が、男を冷たげに見せる。だが野性味が際立つ双眸《そうぼう》が、その印象を裏切った。荒々しい空気がひやりとした手触りを押し退《の》けて、むしろ気配だけでそれと分かる熱量を纏《まと》うのだ。唇を歪め、狩納が左の足を揺する。う、と声にならない呻《うめ》きが、見下ろす席からもれた。押し殺したその気配にさえ、唇が歪む。

白橡色《しろつるばみ》の生地に包まれた足を、狩納は左の足先で撫《な》でた。ぐっと足を突き出すと、揃《そろ》えられた腿《もも》がそれに押されて左右に開く。

事務机と対になった椅子が、狩納と向かう形で据《す》えられていた。そこに座るのは、小柄な少年だ。線が細い容貌は、こぼれそうに大きな瞳のせいか、年齢以上に幼く見える。自分が大学二年生だった時には、どんなだっただろうか。少なくとも眼の前にいる、綾瀬《あやせ》雪弥《ゆきや》とは大きく違っていただろう。

思い描く気にもならず、狩納はにやりと唇の端を引き上げた。見てはいけないものを仰《あお》ぎ見たように、綾瀬の瞳が揺れる。

きれいな目だ。

純粋に、そう思う。

うつくしいものを賛美する気持ちなど、狩納には縁遠いものだ。審美眼《しんびがん》がないとは言わない。だがうつくしかろうとそうでなかろうと、大抵の場合は狩納にとってものの本質に影響などしなかった。

勿論《もちろん》、抱くならばうつくしい女がいいに決まっている。だがそうした女たちのうつくしさとも、綾瀬の目は質を異《こと》にしていた。

琥珀《こはく》色の瞳が、戸惑いを含んで自分を見る。揺れはするが、逸《そ》らされはしない。それを心地好《ここちよ》いものに感じ、狩納はずる、と股の間で左足を動かした。

「っ、ぁ…」

肩が跳ねるほど息を呑《の》んで、綾瀬が腰を引こうとする。椅子の車輪が軋《きし》み、薄い上半身が撓《たわ》んだ。

手を伸ばして、鳩尾《みぞおち》から胸郭《きょうかく》までの形を確かめてやりたくなる。

女のような丸みや膨《ふく》らみを持たないくせに、綾瀬の体は心地好く手に馴染《なじ》んだ。よく知った感触が掌《てのひら》に蘇《よみがえ》り、低く喉を鳴らす。

引き寄せる代わりに、硬い踝《くるぶし》を脹《ふく》ら脛《はぎ》に擦りつけた。焦《じ》れったいが、互いの足を絡めるのはひどく親密な仕種《しぐさ》だ。寝室でそうする時、綾瀬は戸惑いながらも大人しく狩納に任せた。

だが今は、場所が悪すぎるのだろう。椅子を立って逃げることもできず、少年がふるえる下唇を噛《か》んだ。

「仕事、中、なんです…、狩納さん…」

消え入るほどにちいさな声を追い、深く背中を屈《かが》める。近くなった視線に、綾瀬が怯《おび》えたように体を縮めた。

頬《ほお》どころか、うつむいた項《うなじ》までもが赤い。色が淡《あわ》く、皮膚が薄い綾瀬の変化はいつだって鮮明だ。項と同じくらい赤くなっているだろう耳を噛みたくて、狩納は爪先で事務椅子を引き寄せた。

「だから、だろ？」

戦慄《おのの》く首筋に呼気を吹きかけ、右手を髪に差し入れる。男のものとは思えない、細くやわらかな髪だ。そっと梳《す》き上げながら、ちいさな頭ごと摑《つか》み寄せる。

「…ぁ…」

「しっかり稼いで、俺に返済してもらわねえとなァ」

息が触れ合う距離で、声にした。

この細い肩に、果たしてどれほどの借財が伸《の》しかかっているのか。綾瀬自身、それを正確に把握《はあく》できているとは思えない。無論、把握しようと努めてはいるだろう。だが膨らみすぎた借財は、最早《もはや》現実的な数字とは言えなかった。

億単位に上る、莫大《ばくだい》な金額。

従兄《いとこ》の借金に端を発したそれは、今は綾瀬の負債となって小柄な体を束縛している。拘束を強いるのは、他でもない狩納自身だ。我ながらまやかしじみた話だと、思わざるを得ない。

借金のための拘束ではなく、拘束のための借財だ。そんなことは、狩納が一番よく知っている。

大学生である綾瀬がいかに働こうと、返済できる金額ではあり得ない。一生飼い殺しにして利益を吸い上げたところで、額面通りの返済を終えるのはまず無理だ。完済できると考えるのは余程の楽天家か、現実を知らない莫迦《ばか》だけだろう。無理なものは無理と開き直り、自堕落に生きる方がはるかに実利的で楽なはずだ。

だが綾瀬は、そうした諦めに身を任せはしなかった。

きっと完済できると、漠然と夢見ているわけではない。たとえ不可能だろうと、必ず返済しなければいけないと、極めて頑迷に心に決めているだけだ。

無垢《むく》と言うより無知だと、そう罵《ののし》られても仕方がない。しかし綾瀬は投げ出すことも、狩納の手心を求めることもしなかった。

「分かってます。でもここは…」

「悪くねえだろ。事務所ってのも」

唇を寄せて笑うと、怯えの色がさっと瞳に滲《にじ》む。抵抗できない苦しさと、体に染みた諦めとを混ぜ合わせた色だ。

酷《ひど》く美味《うま》そうで、喉が渇いた。ぺろ、と上唇を舐《な》め、薄い唇へと沈み込む。だが口が重なるその瞬間、重い音と痛みとが頭にぶち当たった。

「悪いに決まってるだろう！　猥褻罪《わいせつざい》で訴えるぞ北」

間髪入れずに放たれた怒声に、狩納が不機嫌さを隠さず振り返る。男の眼球の白さが、ぎら、と人

工の明かりを弾《はじ》いた。見慣れているはずの綾瀬でさえ、その鋭利さに息を詰める。

打ったのだ。狩納北の後頭部を、男が六法全書で打ったのだ。

ほとんど同時に狩納の拳《こぶし》が飛ぶはずだと、綾瀬はそう思ったに違いない。相手が誰であれ諾々《だくだく》と打たれるなど、狩納が許すはずがないのだ。確信に息を詰めた綾瀬に、狩納は端整な顔を歪ませた。

「…ってえな！　暴行罪で訴えるぞおっさん」

「法廷で私に勝てるとでも？　とにかく私の神聖な職場で勝手は許さん！」

声量を増した怒鳴り声が、怯《ひる》むことなく狩納を打つ。

今度こそ拳が飛ぶと、腕のなかで綾瀬が体を竦《すく》ませた。ぎ、と犬歯を剝《む》き出しにした狩納を前にしても、染矢薫《そめやかおる》はたじろぎもしない。

分厚い本を携えた、中年の男だ。細い体に添う、いかにも高価そうなスーツを身に着けている。

記憶にある限り、染矢の印象は大抵がそうだ。いつだって一部の隙もなく身なりを整え、手元に仕事を置いている。家庭的な匂いとは無縁の、理知的な男だった。

「神聖？　笑わせんな。ここはいつからそんな上品な事務所になった、悪徳弁護士先生よ」

吐き捨てた狩納に、染矢が切れ長の目をきりきりと見開く。今にもきっちりと整えられた髪を振り乱し、頭から湯気を上げそうだ。だが唇を開く動きには、淀《よど》みがない。突き刺さるような狩納の眼光を受けてさえ、染矢はわずかほども言葉を詰まらせはしなかった。

「次は名誉棄損《めいよきそん》で訴えられたいようだな。うちの事務所の品格が疑われているのは、お前のような悪徳金融屋が出入りするからだ」

「組御用達《ごようたし》弁護士事務所の品格か」

「鷹嘴《たかのはし》のことは昔のよしみで助けてやってるだけだ。お前と同じでな」

鞭《むち》のような声が響くたび、びく、と綾瀬の肩が強張《こわば》る。事務机に尻を置いたまま、狩納は薄い肩をさすった。

「どうせそんな仕事ばっかなんだろ、センセイ」

煙草《たばこ》を取り出した狩納に、染矢が本を放《ほう》って距離を詰める。足音を殺す厚い絨毯《じゅうたん》は、事務所に敷くにはやや趣味がよすぎた。質はいいがあたたかみがない、という点では狩納の事務所も似たようなものだ。だが染矢の事務所にはそれ以上に、重厚な空気があった。

家具の趣味や場を占める空気は、主である染矢の気質に因るところが大きいのだろう。肩を怒らせた染矢が、六法全書に代わりぴしゃりと平手で狩納の腿を打った。

「下りろ。綾瀬君もなにをぼんやりしてるんだ。セクハラには毅然《きぜん》とした対応が必要だと教えてやっただろう」

吠《ほ》えた染矢が、綾瀬が座る椅子を掴む。一喝と共に引き寄せられ、今度こそ綾瀬がちいさな悲鳴を上げた。

「手前ェがパワハラで訴えられるのが先だろ。なあ、綾瀬」

腕のなかからもぎ離された痩身《そうしん》に、狩納が舌打ちをもらす。だが腕を伸ばし、奪い返そうとは思わなかった。

愕然《がくぜん》と、綾瀬が目を剝く。

いきなり頭を殴られただけでなく、平手で撲《ぶ》たれ綾瀬まで掻《か》き攫《さら》われたのだ。それにも拘《かか》わらず大人しく床に下り立った狩納を、目を見開いて見上げてくる。

綾瀬が驚くのも当然だ。撲つどころかそんな素振りを見せただけで、狩納は許しはしない。だが極めて数少ない例外が、眼の前の男だ。

眦《まなじり》を吊り上げたまま、染矢が狩納の長身を仰ぎ見る。

今では染矢の双眸は、狩納のそれより低い位置にあった。だが相手の視線がはるかに高い位置にあった日のことを、狩納は鮮明に覚えている。

中学に入学する頃までは、自分はまだ染矢を見上げていたはずだ。成長痛に顔を歪める狩納に並び、染矢は感心したように自分の身長と比べてみせた。

自分と染矢とは、血の一滴だって繋《つな》がっていない。だが実の父親よりも長く傍《かたわ》らにあり、自分の成長を見守ったのは多分染矢だ。少なくとも狩納の父親は、息子と背を比べ、日ごとに大きくなる体に感嘆の声を上げたりはしなかった。

上げてほしいとも思わない。だが自分とよく似た顔立ちの男は、間違いなく狩納の父親だった。

「綾瀬君、パワハラの定義は？」

鋭い問いを向けられ、瘦《や》せた背がぴんと伸びる。

「パ、パワハラですか？　ええと、あの…しょ、職場における、上下関係を利用した…」

しどろもどろに呻いた綾瀬が、焦《あせ》りながら机の抽斗《ひきだし》を開いた。作業手順を書き留めた、用紙を取り出そうとしたらしい。だがすぐには見つけられずにいる綾瀬に、染矢がただでさえ厳しい眦を吊り上げた。

「一昨日教えてやったじゃないか。簡単なことだろう？　パワーハラスメント。職場での力差関係、権力を利用しての嫌がらせ。厚生労働省は同じ職場で働く者に対して、職務上の地位や人間関係などの職場内の優位性を背景に、業務の適正な範囲を超えて精神的、身体的苦痛を与える、又は職場環境を悪化させる行為と定義している。これは職場のいじめとも呼ばれるもので…」

一息に捲《まく》し立てられ、綾瀬が息さえできず硬直する。際限のない染矢に、狩納は低く唸《うな》った。

「要はこのおっさんがやってることだ」

狩納も決して気が長い方ではないが、染矢はそれに輪をかけてせっかちだ。特別虫の居所が悪いわけでなくても、その舌鋒《ぜっぽう》はいつだって周囲を圧倒する。並べて比べるまでもなく、綾瀬とは正反対の男だった。

「違う！　私は該当しないということだ。因《ちな》みにセクハラは相手が望んでいないにも関わらず行う、性的な嫌がらせ。つまりお前が綾瀬君にしていることだ」

「セ、セクハラは、相手が望んでいないにも関わらず…」

「メモ取ってんじゃねえよ綾瀬」

琥珀色の瞳を精一杯見開いた綾瀬が、ようやく見つけたらしい用紙に何事かを書きつけている。染矢の一言一句を、もらさず書き留めなければいけない。そんな強迫観念にでも取り憑《つ》かれているのか、綾瀬は瞬《まばた》きも忘れた様子で鉛筆を走らせていた。

「す、すみません。俺、他の職員さんみたいに、一回で色々覚えられないから…」

「本当に必要だと思えば、覚えられるものだ。綾瀬君、もうここはいいから茶を淹《い》れてくれないか」

促され、綾瀬が鉛筆を握ったまま染矢を見上げる。書きつけることに集中するあまり、指示を呑み込みきれなかったのだろう。一瞬きょとんとした綾瀬が、慌てたように立ち上がった。

「はいっ、あ…」

勢いよく踏み出した爪先が、あろうことか絨毯に躓《つまづ》く。大きく傾《かし》いだ痩身を、狩納が右腕を伸ばして受け止めた。

ふわりと、嗅《か》ぎ慣れない石鹼《せっけん》の匂いが鼻先を掠める。転ばずにすんだことに、綾瀬が安堵《あんど》できたのは一瞬のことだろう。すぐに自分の失敗に気づき、ほとんど顔を青くしそうな勢いで頭を下げた。

「お茶、淹れてきます……！」

文字通り転がるように、華奢《きゃしゃ》な体が事務所の奥へと引っ込む。よろつく背中を眺め、染矢が短い息をもらした。

「見てみろ。お前がそんなだから綾瀬君も困ってるじゃないか」

そっくり同じ言葉を返してやりたかったが、低く唸って煙草を抜き出すに留《とど》める。それを見返し、染矢が所長室へ移動するよう狩納を促した。

「全く綾瀬君も苦労するな」

「黙《だま》れジジイ。そもそもの原因はお前じゃねえか。あいつを勝手に手前ェの事務所にかどわかしやがって」

本当ならば、眼の前の顔を拳で殴りつけても足りないところだ。だが衝動は湧いても、実行に移せるかは怪しい。

だからこそ、こんなことになったのか。

焦茶色《こげちゃ》の扉をくぐり、狩納は呻く代わりにフィルターを噛んだ。

「勝手にじゃない。ここに来ると言ったのは綾瀬君だ」

「誘導尋問で言わせたんだろうが」

事務室よりも暗い色をした絨毯が、静かに靴底を受け止める。造りつけの書棚を持つ所長室は、事務所以上に染矢らしい空間だ。磨き上げられた木製机の傍らには、使い込まれた革張りの執務椅子が置かれている。

居間を飾るような瀟洒《しょうしゃ》な照明器具の下では、布張りのソファが客の訪れを待っていた。やや小作りに見えるが、体が沈み込みすぎることなく、顧客も案件に集中できるのだろうか。あるいは個人の書斎に招かれたような、親密な空気が生まれるのかもしれない。いずれにしても、狩納自身の仕事場とはまるで趣を異にする部屋だ。

「喜んで来てくれると言ったぞ。アルバイトが長期休暇中で困ってると言ったら」

「手前ェ、よくもそんな嘘《うそ》を抜け抜けと」

煙草に火を入れ、分かるように渋面を作る。

大抵の者は、狩納に不機嫌な眼光を向けられただけで怯むものだ。だがソファに腰を下ろした染矢は、気にも留めていない。

物心つく以前から知られているというのは、きっとこういうことだ。世話になったなどという負い目を、感じているわけではない。そんなことを考えなくてもいい程度には、自分と染矢は親しい間柄だ。それは同時に、自分でも忘れてしまいたい大昔の記憶を覚えている、煙い存在とも言えた。

「嘘なものか。人手が足らず私は大忙しだ」

厚かましくも胸を張る男に、狩納はうんざりと息を絞った。

何故《なぜ》こんなことになったのか、思い巡らせるだけで腹が立つ。

綾瀬が染矢の事務所でアルバイトを始めたのは、五日前のことだ。予定されている雇用期間は、二週間。それは無論綾瀬が望んだことでも、狩納が勧めたものでもない。眼の前の男が、一人で決めたことだ。

ここに連れて来られる以前、綾瀬は狩納の元でアルバイトをしていた。真面目な学生である綾瀬は、自由になる時間が少ない。進級してからは履修科目も増え、狩納の事務所にも週に何日か通うだけだった。

綾瀬の勤務時間が減ったところで、狩納に痛痒《つうよう》はない。綾瀬を事務所で雇う最大の利点は、自分の眼が届く場所に少年を置いておけることだ。勿論、弊害《へいがい》もある。

堅気《かたぎ》であることを自負してはいるが、稀《まれ》に面倒な小競り合いが事務所にまで持ち込まれることがあった。綾瀬の安全を確保し、都合の悪いものをその目から隠したいなら、一番簡単なのはマンションに閉じ込め鍵をかけておくことだ。自分の訪れを待つだけの生活を強いれば、無用な手間は省《はぶ》ける。

大学を辞めさせることも、仕事を取り上げることも狩納には難しくなかった。だがそうしてしまえば、綾瀬は間違いなく損なわれるだろう。

結局、恐れているのだ。綾瀬の笑顔が萎《しぼ》むことや、ささやかだが明るい声を聞けなくなることを、自分は莫迦莫迦しいほど恐れている。

だから大学にも通わせるし、手間をかけてでも事務所に置いて仕事を与えた。そんな狩納には当然、綾瀬をよその事務所に通わせたい理由などない。分かりきっているのに、染矢は綾瀬を寄越《よこ》せとそう言った。

「誰か雇え。あいつ以外を」

ソファには座らず、染矢の机に尻を引っかける。笑みもなく男を見ると、染矢は気のない様子で肩を竦めた。

「たかが半月のことが我慢できんのか」

「我慢しなきゃならねえ理由がどこにある。柿谷《かきたに》の件か？　あんなのはごたついたうちにも入らねえだろ」

灰皿を引き寄せるついでに、机に置かれた封筒に眼を落とす。おそらく収められているのは、狩納が制作を依頼した書類だ。

ここしばらく、狩納の手元には面倒な案件が燻《くすぶ》っていた。貸付先が傾《かたむ》いたため、他の債権者たちを牽制《けんせい》しながら、債務を回収する必要が生じていたのだ。事態そのものは、珍しくもない。だが問題の貸付先はどこかで知恵をつけられたらしく、少々手間のかかる事態になっていた。

「別にお前の心配をしちゃいない。申し立ての準備も順調だ。ただ柿谷本人はともかく、柿谷を囲い込んでいた連中は厄介《やっかい》なんじゃないのか」

「莫迦が面倒かけやがって」

借金の返済のために、新しい借金を重ねる人間は多い。

だが問題の男は、最初からまともに返済する気などなかったのだ。唆されてその気になったのだろうが、異変に気づくと同時に狩納は逆に男を囲い込む策に出た。そのために必要となった幾つかの手続きのため、ここしばらく染矢の力を借りる羽目になったのだ。

「お前から金を引っ張ろうなんて、確かに莫迦だ」

「手は打ってある。そんな話より、いい加減返しやがれ」

舌打ち混じりに、所長室の扉を示す。廊下を隔《へだ》てた事務所には、あの小柄な少年がいるはずだ。

「返せとはなんだ。猫の仔じゃあるまいに」

「猫の仔みてえに、家に連れて行ったのは手前ェだろうが」

思い出すだけで、腹が立つ。

他人の事務所で働かせることさえ嫌うのに、染矢は狩納の元から綾瀬の身柄そのものを連れて出たのだ。あり得ない話だが、この五日間、狩納の元に綾瀬の姿はなかった。

染矢の事務所でアルバイトを始めた五日前から、綾瀬は眼の前の男の元で生活をしている。狩納自身、何度も足を運んだことのある大きな邸宅だ。広い客室を宛《あて》がわれていると聞いても、喜べることなど一つもない。

こんな下らない提案を口にする者がいたならば、即刻そいつの口を裂いているところだ。だが染矢のそれは、そもそも提案ではなかった。冗談はよせと怒鳴る狩納に耳も貸さず、染矢は綾瀬の腕を摑むようにして自宅に連れ帰ったのだ。

「家政婦の一人が入院中でな。しかしあの子に比べれば、猫の仔の方が余程骨があるかも知れん」

「だったら猫でも飼って、そいつを使いやがれ」

「お前こそいいのか。あんな子で」

率直な問いに、批難は混ざらない。

否。混ざっているとすれば、それは間違いなく狩納に対する批難だ。

穏やかな綾瀬には、打てば響くような押し出しのよさも、肉体的な強さもない。染矢の目には要領が悪く、ただ弱いだけの存在に映るのだろう。

そんな従順な者を支配し、満足した気でいるのか、と。そんな相手を選んだ狩納に失望したと、そう言うのだ。

ぞわりと、首筋の毛が逆立つ心地がする。

どういった経緯で自分が綾瀬を手元に置いているか、それを狩納は染矢に隠し立ててこなかった。無論自分から、進んで報告する必要があるとも思っていない。だが狭い世界のことだ。仕事上でもつき合いがある以上、隠したところでどこかからかもれ聞こえる。

やさしげな外見をしていようと、綾瀬は男だ。

息子同然に世話を焼いてきた自分が、ある日そんな相手を連れ帰ったらどんな顔をされるか。考えないこともなかったが、しかし相手が誰であれ、綾瀬と暮らすためにその顔色を窺う必要など微塵《みじん》も感じてはいなかった。

「手前ェに関係あんのか」

舌打ちさえ含まなかった声が、ひやりと響く。

染矢に限らず、誰を相手にしても滅多《めった》には出さない声だ。切れすぎる剃刀《かみそり》を思わせる声音に、染矢が眉根を寄せる。

「あるだろう。だからお前も、あの子を私に預けることに同意した」

もらされた声の半分は、事実だ。ただ強引さに負けたという理由だけで、綾瀬を他人の手に委ねたりはできない。

狩納にとって最も眼が行き届き、安全を確保しやすい場所は自身が所有するマンションだ。だが状況によっては、それ以外の待避場所が必要となることもある。歓迎できない事態だが、何事にも備えは必要だった。

万が一そうなった場合、綾瀬の身柄を任せられる先は限られてくる。染矢の自宅に世話になるか否かは別にして、そんな事態に発展したならば、この男の耳に報《しら》せが届かないはずはない。

狩納一人の問題ならば、誰かの助力ありきでものを考えようとは思わなかった。だが綾瀬のためには、打てる手があるなら全て打っておくべきだ。

どんな形にせよ、染矢の力を借りるその時には、二人が互いに初対面同然であっては困る。今までにも何度か引き合わせてはきているが、親しいと呼べるほどではない。特別親密になる必要はないが、不測の事態において身を寄せるその先で、綾瀬が怯えずにすむならそれに越したことはなかった。そのためには機会を窺って、綾瀬を染矢に慣れさせておきたいと思ったのは事実だ。

「だからってこんな遣《や》り方を頼んだ覚えはねえぜ」

「十分配慮してやっているだろう。お前にも、あの子にも」

真顔で返され、狩納が煙草のフィルターに歯を立てる。

「なんだ、そのどこがだって眼は」

「分かってんなら言わせせんじゃねえよ。半月もこんなとこ預けておけるか」

連れて帰る、と繰《く》り返した狩納に、染矢が大袈裟《おおげさ》に嘆息した。

「毎日用もないのに顔を出して、言うことはそれだけか」

失望させられ通しだとでも言いたげに、染矢が長い足を組み替える。法廷でもそうなのだろうが、本当に他人の神経を逆撫《さかな》でするのが上手《うま》い男だ。

「全く過保護だな。あの子、ああ見えて一応大学生なんだろう。夜一人歩きさせたら即補導されそうな外見ではあるが」

お前の学生時代は別の意味で補導されそうだったが、と古い話を蒸し返し始めた染矢を、控え目な合図《ノック》が遮《さえぎ》る。どうぞ、と告げた染矢に応え、艶《つや》やかな扉が開かれた。

「失礼します」

細い声と共に、小柄な影が戸口をくぐる。

盆を手にした綾瀬が、緊張した面持ちで所長室を覗《のぞ》き込んだ。

「どうしてカップが二つある？」

慎重な足取りで近づいた綾瀬に、染矢が目を眇《すが》める。ぎくりと、綾瀬の肩が揺れるのが分かった。

またしても、自分は失敗してしまったのか。

揺らいだ瞳の素直さは、染矢のような男には明確なやられやすさとして映るのだろう。

事実、綾瀬にはそうした空気があった。人間を二種類に、被害者と加害者とに分けるとしたら、綾瀬は間違いなく前者だ。常に加害者たる自分たちのような男にとって、そうした気配は苛立《いらだ》ちにも似た歯痒《はがゆ》さを呼び起こす。

狩納自身、嫌というほど思い知らされたものだ。綾瀬を目の当たりにするたびに、染矢も似たような感情を過《よぎ》らせているのだろうか。それを思うと、益々《ますます》こんな場所に置いておくのは莫迦らしかった。

「お幾つ必要でしたか…？」

コーヒーを差し出しながら、綾瀬が細く尋ねる。鷹揚《おうよう》にカップを受け取り、染矢が狩納を一瞥《いちべつ》した。

「北には必要ない。客じゃないからな。塩水で十分だ」

どこかで聞いた話だ。至極真面目に告げた染矢に、綾瀬が困惑して狩納を見る。溜《た》め息を吐き、狩納は立ち上がるとコーヒーに手を伸ばした。肩をふるわせた綾瀬を正面に見下ろし、まだ熱いコーヒーを一息に飲み干す。

「また飲みに来るぜ」

くしゃりとやわらかな髪を掻き混ぜて、狩納は所長室を後にした。


「どうして引き取ったんだ」

古い記憶のなかで、声が問う。

好奇心の籠らない、しなやかな声だ。だが無感情なわけではない。胸に湧いた疑問を言葉に変えただけの、率直な響きだった。

竹を割ったようなそれには、清々《すがすが》しい潔さがある。いつになっても変わりのない、染矢の特性の一つだ。

幼い日から、狩納はそうした声を好ましく思ってきた。

絨毯に転がり、狩納は隣室から聞こえる声に耳を傾けた。小学校に上がる、少し前のことだ。学用品を揃えるために、この日も染矢は狩納の自宅を訪れていた。

「どうしてだ」

染矢が、問いを重ねる。

少し性急ではあるが、しかし阿《おもね》ったりはしない。誰に問いかけているのかを確かめるために、隣室を覗く必要はなかった。

染矢のような口を利く大人は、狩納の周囲には少ない。大抵はもっと、慎重だ。言葉を選んで、顔色を窺う。当たり前だ。

問いを向けられているのは、他の誰でもない。狩納の父親だ。

あいつがどんな男かを思えば、周囲の緊張も当然だった。冷えきった眼をした、隙のない男。父親、という言葉の響きを思い描いても、狩納の胸にあたたかさなど湧きようがない。そもそも父親というものが、あたたかみを含むべき言葉であるという発想が、狩納には欠如していた。

「聞こえてるんだろ。返事くらいしろ」

ぴしゃりと、染矢が叱りつける。

こんな口の利き方、染矢以外がしたら今頃床は血の海だ。誇張《こちょう》ではなくそう考え、狩納はごろりと寝返りを打った。

大きな木製の引き戸が、この部屋と居間《リビング》とを仕切っている。普段は戸は取り払われ、ここも広い居間の一部として使われていた。使う、と言っても、そこに団欒《だんらん》は含まれない。ここに住むのは狩納と父親、二人きりだ。父親は仕事とやらで始終家を空け、ソファに転がってテレビを見るのは主に狩納一人だけだった。時々染矢や、馴染みのない大人が入れ替わり訪ねて来ることがあったが、このマンションで寛《くつろ》げる者など限られている。

ごそごそと床を転がり、狩納は白い引き戸に額を寄せた。

薄く開いた隙間から、居間に置かれたソファが見える。そのソファに、狩納に背を向ける形で染矢が座っていた。

細い首筋が、こんな時でもすっきりと伸びている。自分で淹れたらしいコーヒーを口に運びながら、染矢は斜め向かいに座る男を見ていた。

黒っぽいスーツを身に着けた、大柄な男だ。

染矢だって、背は低くない。だが狩納の眼に、父親は何者にも比べがたいほど大きく、頑丈に見えた。染矢の声を聞いているのかいないのか、父親は書類に眼を落としている。

鋭角的な容貌に、親しみやすさなど微塵もない。

狩納社長に靡《なび》かない女なんて、この世には一人たりともいませんよ。

時折顔を見せる、父の仕事仲間だと言う男たちは口々にそんなことを言っていた。下世話な笑みも、靡くという言葉の耳慣れなさも狩納には面白くなかった。幼い潔癖さのせいではなく、褒《ほ》められているらしい父親に腹が立ったからだ。

他人に教えられるまでもなく、父親がどこにいても女を惹きつけることは知っていた。華やかな囀《さえず》りや熱っぽい眼差《まなざ》しは、いつだって父親に纏わりついている。幼稚園に現れた時には、保母どころか女児たちまでが色めき立った目で父親を見たものだ。

こんな最悪な男の、どこがいいのか。確かに父親の顔立ちは、阿呆《あほ》らしいほど整っている。彫りが深く冷淡で、一分の隙もない。体軀の頑健さといい、声の響きといい、悔しいが父親より優れた者を狩納は見たことがなかった。だけど中身は、とんだ怪物だ。

やさしくもなければ、外見と同様に甘くもない。突き放したような眼で自分を見ることはあっても、愛情を言葉にしたり、二人で公園を走り回ったりもしなかった。

聞くところによると、よその親は狩納の父とは違うらしい。叱られたり喧嘩《けんか》もするが、大抵は一緒に夕飯を食べたり風呂に入ったりすると言う。運動会にはカメラを抱えてやって来て、迷惑なほどの声援を送りもした。それを思うと、比較的近い役割を果たしているのはむしろ染矢だ。毎日ではないけれど顔を出しては狩納の様子を覗き、入学準備の世話まで焼いてくれる。

だからといって、染矢を父親と呼びたいとは思わなかった。どんなに嫌っていても、父親はあの男だけだと知っている。

むしろ染矢は母親というやつか。思い描いて、口を歪める。

どうせならもっと口喧《くちやかま》しくなく、やさしい女がいい。

望めばきっと、そんな相手は幾らでもいるのだろう。時々父親が連れて来る女性のなかから、よさそうな相手を選べばいいのだ。お母さん、と自分が呼べば、大抵の女は喜ぶはずだ。狩納の親になりたいわけではない。子供に懐《なつ》かれれば、ここに出入りする口実が増えるからだ。

だけれど狩納は、誰のことも母親と呼びはしなかった。呼びたくもないし、呼んだところでずっとその役割を演じてくれるわけでもないのだ。

「なんであの子を、北を引き取ったんだ」

狩納に背を向けたまま、染矢が同じ問いを口にする。

名前を呼ばれ、ほんの少し背中が跳ねた。だがその時感じたかもしれない落胆や微《かす》かな衝撃を、狩納は思い出せなかった。そんなもの、感じていなかったのかもしれない。床に転がったまま、父親の気配に意識を向ける。染矢の問いに、男は視線一つ動かさなかった。焦れたような息が、染矢の唇からもれる。

「入学準備を全部私に丸投げして、実は子供好きだなんて言うつもりはないだろう？」

染矢の挑発にも、父親は乗りはしない。書類を繰る音に、染矢の舌打ちが重なった。

「女に頼まれたからなんて理由だけで、お前が子供を引き取るとも思えない」

染矢の言う通りだ。父親は、他人の都合など優先させない。たとえそれが、自分の子供を産んだ女であったとしてもだ。

尤《もっと》も狩納は、母親の顔というものを覚えていない。物心ついた頃には、父親と自分しかいなかった。父親に尋ねてみたこともあるが、そいつはもういねえ、と返されたきりだ。過去がどうであったか、尋ねることに意味はないと言われた気がして、それ以上口を開くことはできなかった。

「北は賢い子だ。お前みたいな父親に育てられてると思えないくらい、よくやってる」

真顔で褒めた染矢にも、父親は笑み一つもらさない。自分とよく似ているらしいその顔を、狩納は低い位置からただ眺めた。

しかし、と染矢が声を低くする。

「しかしお前みたいな仕事をしていて、あんなちいさな子を側に置くのがプラスになるとは思えん」

ぴく、と狩納は自分の瞼《まぶた》が揺れるのを感じた。だが声がもれそうになるとか、鼻腔《びくう》が痛くなることはない。批難や批評を含まない声は、あまりに平淡だ。

それが客観的な事実だと理解できれば、楽になれたのかもしれない。だが達観するには幼すぎて、重い石を呑んだみたいに体が冷えた。

「それをお前が、考えない男じゃないことも分かってる」

相変わらず、染矢の声は平淡に響く。耳を塞《ふさ》ぐことをしなかったのは、父親の声を、その反応を探りたかったからか。いずれにしても、狩納はただ息を殺した。

本当は欲しくなどなかったと、父親は言うのだろうか。

そもそもそれ以外の答など、想像がつかない。あんな眼で息子を見る男が、自分を必要だなんて言うはずがないのだ。

「どうしてだ、狩納」

何度目かになる問いに、瞼を閉じる。

「どうしてあの子を引き取った」

染矢の問いに、やはり父親は応えない。

何故応えないのか、あるいは本当はどう応えようとしていたのか。それを知る術《すべ》は、なにもない。

冷えた絨毯に転がり、狩納はただ沈黙を聞いていた。

舌打ちが、もれそうになる。

実際考えるより先に、鋭い音が唇からこぼれていた。がりがりと頭を掻いて、体を起こす。

なんて夢だ。

一瞬前まで自分を捉えていたものの正体に、唸りをもらす。

夢だ。それもまだ幼かった頃の、思い出したくもない出来事だった。

歪めた双眸に、見慣れた寝室が映る。

狩納の長身が楽に収まる寝台は、規格外に大きい。その寝台を置いてさえ尚《なお》広いこの部屋が、狩納は気に入っていた。気には入っても、執着《しゅうちゃく》はできない。幼い日に抱いた感慨と、それは今も大差がなかった。

軋るように、朝の日差しのなかで息を吐く。

普段は滅多に夢など見ないし、見たとしても一々覚えてはいない。それなのに何故今日に限って、いまだに記憶に留まっているのか。

苛立ちを嚙み、寝台を下りようとして狩納はぎょっとした。

毛布に置いた手が、なにかに当たった気がしたのだ。綾瀬。すぐに、生活を共にする少年の名前が込み上げる。

気づかずに、押し潰してしまったのか。

弾かれたように振り返ると同時に、染みついた習慣にげんなりした。

確かめた寝台に、綾瀬はいない。いまだ染矢の自宅に囚《とら》われているのだから、当然だ。一人きりの寝台で、狩納は先刻よりも苦い嘆息を絞った。

重症だ。

こんな瞬間は、自分の変化に驚かされる。変わった、と言うより、馴染んでしまったと言うべきか。

綾瀬をこの部屋に連れ帰ったのは、茹《う》だるように暑い夏の盛りのことだ。長い間、狩納は綾瀬との再会を夢見てきた。思い描いていたものと些《いささ》かの、しかし看過できない差はあれど、概《おおむ》ね狩納の望みは叶《かな》えられたと言っていい。

ここに住まわせて以来、綾瀬が同じ寝台で眠らなかった夜は片手の指で足りる。それだけ徹底して、狩納は綾瀬を自分の傍らに留めてきた。一人で暮らしてきたアパートに帰らせもせず、いまだ近所への外出にさえいい顔ができない。

それを愚《おろ》かだと笑える余裕など、狩納にはなかった。ここに綾瀬を連れ帰った経緯や、狩納の仕事につき纏う事情を思えば致し方ないことだ。

どうして。

夢のなかで聞いた、染矢の声が蘇る。

あんな夢を見たのは、染矢の事務所を訪れたせいか。忌々《いまいま》しさに唇を歪め、飾り棚に手を伸ばす。

放り込んでおいたはずの煙草を手探りし、狩納は露骨に顔を顰《しか》めた。

摑んだのは、ただの空箱だ。昨夜吸ったものが、最後の一本だったらしい。

綾瀬が傍らにいる生活では、手を伸ばせば必要な時に必要なものを探り当てることができた。なにを言う必要もなく、煙草など綾瀬が補充してくれていたのだ。それが当たり前で、何故そこにあるのか考えることもしなかった。

立ち上がって、物入れから煙草を漁《あさ》る。

火を入れながら、狩納は改めて広い寝台に眼を遣った。寝乱れた上掛けが、朝の光のなかで淡い陰影を描いている。

すっぽりと上掛けを被《かぶ》ると、綾瀬の体は簡単に寝具の嵩《かさ》に埋もれた。手元に置き始めた直後は、姿を見失うたび逃げ出したのかとぎょっとさせられたものだ。

実際は薄い体に毛布を巻きつけ、綾瀬はひっそりと寝台の縁で寝息を立てていた。

眠る時も控え目な、自己主張の薄い少年だ。いくら狩納が引き寄せようと、自分から頑丈な腿に足を絡ませ、この男は自分のものだと、そんな我を示すこともしなかった。

自分の想像に、苦々しく煙を吐き出す。

腕で囲って閉じ込めるのも、胸に引き寄せて顎を擦りつけるのも、それは常に狩納一人の欲求だ。あたたかな体を抱いて眠るのは、真夏であろうと心地がよかった。

こんなふうに誰かを思い返すことも、そもそも同じ寝台で何度も朝を迎えることも、狩納には経験のないことだ。あんなちいさな、吹けば飛ぶような、簡単に寝具に紛《まぎ》れてしまうような子供を相手に、自分はなにをやっているのか。

「染矢の野郎…」

朝っぱらから、何故こんな気分にならなければいけない。全てはお節介な男のせいだ。

やたらとよそよそしく感じる寝台を見下ろし、長くなった灰を払う。そうしながら、思考はすでに仕事の段取りを辿《たど》っていた。

今日もそれなりに、忙しい一日になるだろう。欠伸《あくび》一つもらすことなく、狩納は寝室を後にした。


「昨日連絡があった松川《まつかわ》の件ですが、娘の一人が公務員です。土地に関する書類はこちらになります。書類に問題はありませんでしたので、後程現地を確認に行って参ります。それから…」

手にした書類を並べ、久芳誉《くばほまれ》が言葉を継いだ。

平淡な声は、感情的な響きに乏《とぼ》しい。どんな報告を口にする時も、その冷淡さに変化はないだろう。

静かに瞬く、双眸も同じだ。鋭く描かれた一重の瞼に、あたたかみはない。だがこの冴《さ》え冴《ざ》えとした容貌の下に、煩《わずら》わしいほどの熱量が渦巻いていることを狩納はよく知っていた。

だからこそ、雇い入れたのだ。

自分とほとんど年齢が違わない久芳を、狩納は椅子を軋ませて見遣った。

「それから先程、柿谷より連絡がありました。自己破産の申し立ては今日ですが、もし同廃にならなければどうなるか、随分心配している様子でした」

弁護士の手を借りて自己破産を申し立てれば、大抵の場合は即日同時廃止となる。予《あらかじ》め申立人の状況を明らかにしておくことで、裁判所による破産管財人の選定を省くのだ。同時廃止となれば破産手続きの開始決定、そしてそれまでの借財を取り消す免責許可の決定がなされる。自己破産を望む人間にとっては、一番手っ取り早く望ましい手順だ。そうでなければ裁判所によって財産が調査され、時間がかかるだけでなく最悪は自己破産が認められない場合もあった。

「放っておけ。染矢が書類を作ったんだ。どうせ同廃になる」

「私もそう伝えましたが、今まで返済を行った金額についてもこぼしていまして…」

抑揚《よくよう》に欠ける声が、冷ややかに告げる。書類から眼を上げ、狩納は唇の端を引き上げた。

「返済した金が惜しくなったか」

「そのようです。とはいえ、最初柿谷に任意整理を勧めていた連中にも、ほとんど返済は進んでいなかったとは思いますが」

「あっちは好きにさせておけ。ただ今日一日は、念のため柿谷の様子には注意しろ」

了解しましたと、一礼した久芳に書類を戻す。社長室を辞そうとした背中に、狩納は思い出したように眼を向けた。

「土地の確認には今日出る予定か」

「はい。暗くなる前に出られなければ、明日の朝に行って参ります」

男の返答に、狩納が腕の時計に眼を落とす。

「これから外に出るついでに、俺が寄る。そのまま綾瀬の迎えもすませるから、なにかあれば連絡を入れろ」

綾瀬、と声にした狩納に、初めて久芳の双眸をなにかしらの色が過った。感情と呼ぶには、あまりにも微かな変化だ。だがそれが自分に対する憎悪と、それを上回る綾瀬への愛情だということを狩納はよく知っていた。瞬きほどの長さもなく掻き消えたそれに、狩納は椅子の背を軋ませた。

「寂しいか？」

唐突な問いに、久芳が視線を上げる。表情の読めない眼を見返し、狩納はにやりと唇を笑わせた。

「あいつの顔が見えねえと思うと、寂しいか」

尋ねるまでもなく、答など最初から久芳の顔に書いてある。

尤も今朝、綾瀬を大学まで送ったのは久芳のはずだ。

染矢の元に身を寄せていても、綾瀬の本分は学業にある。染矢もそれを疎《おろそ》かにしてまで、綾瀬が事務所に詰めることを望んではいない。

染矢の自宅や事務所から綾瀬の大学までは、十分に通学圏内だ。だが普通の学生のように、綾瀬が一人で登校することはない。狩納がそれを望まないからだ。攫うように綾瀬を連れ出したのは染矢なのだから、通学の面倒を見るのは当然だろう。そう思いはしても、綾瀬の送迎を染矢に任せる気にはならなかった。

結局それまでと同じように、授業がある日は狩納の部下たちが車を出している。午後もそうさせるつもりでいたが、幾らか時間を遣り繰りすれば自分で迎えに出られそうだ。

久芳の返答を待たず、狩納は椅子から立ち上がった。

見慣れているはずの久芳でさえ、引き摺《ず》られるようにその長身を仰ぎ見る。久芳も、十分に背の高い男だ。だが上背では圧倒的に狩納が勝った。視線の高さだけでなく、肩幅の頑健さや引き締まった背中の強靭《きょうじん》さもそうだ。

我に返った久芳が、狩納のために扉を開く。視線を投げることもなく、狩納は事務所を後にした。

真っ直ぐに地下駐車場に降りても、一頃の寒さは失せている。きっと気がつけば、すぐに茹だるような暑さが訪れるだろう。

夏がくれば、綾瀬を手元に置き始めてから一年がすぎることになる。

今朝方覚えた焦燥が喉元を過り、思わず苦く唇が歪んだ。焦燥などと言う言葉が浮かぶ程度には、鬱積《うっせき》しているらしい。

今ここに、綾瀬がいないからか。

アクセルを踏み込み、狩納はこれから出向く仕事先へと意識を向けた。殊更《ことさら》自身を叱責する必要もなく、思考は簡単に切り替わる。それさえ難しいとなれば、綾瀬を庇護《ひご》するどころかその身を危うくするのはむしろ狩納自身だ。

煙草を引き寄せて、ハンドルを握り直す。幸いにもほぼ予定通りに、用件を終えることができた。まだ明るい通りに車を走らせ、腕の時計に眼を落とす。

思ったより道が混んでいたが、それでも綾瀬を待たせる心配はなさそうだ。大学の裏門に車を停《と》め、携帯端末を確認する。一度事務所に連絡を入れると、狩納は新しい煙草をくわえた。

授業が終わる時間帯のせいか、通りにはちらほらと学生の姿が見える。駐車場に入らず、裏門のほぼ正面に停まる車が珍しいのだろう。通りすぎてゆく視線の幾つかが、驚いたようにこちらを振り返った。

無遠慮に瞠《みは》られる双眸のなかに、見慣れた大粒の瞳が混ざる。

急ぎ足で裏門を出て来た待ち人に、狩納は半ばまで吸った煙草を揉《も》み消した。

ほっそりとした体を、今日は焦茶色のスーツが包んでいる。大学生の服装にしては、やや堅苦しい。だがチョコレートを思わせる艶やかな飾り釦《ぼたん》が、華奢な体を軽やかに彩っていた。

知らず、口元が歪む。

学生が行き来する裏門で、その容貌が狩納の眼にははっきりと際立って映った。

深く息を吸う動作で唇を誤魔化《ごまか》して、運転席の扉に手をかける。扉を開くと、真っ直ぐにこちらに向かっていた綾瀬が爪先を迷わせた。

「狩納…さん…？」

琥珀色の目が、ぱちりと音を立てそうに瞬く。

ここにいるはずのない男を見つけた、そんな目だ。

磨き上げられた車体から降り立った狩納を、通りを行く視線が振り返る。なかにはあからさまに、息を詰める者もいた。

暗い色をした車体は、ただでさえ目を惹く外国車だ。加えてそこから現れた男の体軀は、大学の裏門にはおよそ似つかわしくなかった。

「狩納さん、どうしてこんな所に…」

茫然《ぼうぜん》として尋ねた綾瀬のために、助手席の扉を開いてやる。

そこでようやく、こちらを注視する幾つかの目に思い至ったらしい。ぽかんと口を開いていた綾瀬が、慌てたように駆け寄った。

ありがとうございます、と早口に頭を下げて、逃れるように助手席へ収まる。満足して扉を閉ざし、狩納もまた運転席へと乗り込んだ。

狩納の体軀を受け止めてさえ、車体が大きく揺れることはない。シートベルトを締めた綾瀬を確かめて、狩納は先刻よりも慎重にアクセルを踏み込んだ。

「わざわざ来て下さって、ありがとうございました」

なめらかに動き出した車内に、生真面目な声が落ちる。鞄《かばん》を抱えた指先に、狩納は引き寄せられるように視線を定めた。

右の人差し指に一箇所、左の指に二箇所、絆創膏《ばんそうこう》が貼られている。狩納のマンションを出る時には、なかったものだ。男の視線に気づいたのか、綾瀬がそっと指先を握り込む。

「えらく驚いたって面だな」

「え…？」

低く響いた声に、狩納自身が眉根を寄せた。

上手く聞き取れなかったのか、あるいはただ驚いたのか、綾瀬が長い睫《まつげ》を揺らす。

「迎えが俺で、驚いたのか」

今朝綾瀬を大学まで送ったのは、久芳だ。帰りも同じだと教えられていた綾瀬が、驚くのも無理はない。分かっていても言葉にせずにはいられなかった自分に、狩納は舌打ちを嚙んだ。

「いつもと違う場所に車が停まってたから、どうしたんだろうって思ったんですが…。忙しかったんじゃないですか、狩納さん」

大丈夫でしたか、と気遣《きづか》いを滲ませ、綾瀬が狩納を見上げる。

正門ではなく裏門に車を回すのは、綾瀬が人目を惹くのを嫌うためだ。いつも久芳が迎えに来る時には、もう少し離れた場所で待つのだろう。だが狩納は、裏門の正面に車を停めた。人目を避ける気がないのだから、致し方ない。

そもそも大学への送迎を望むのは、綾瀬ではなく狩納自身だ。綾瀬は自由を奪われているに等しいが、それでも通学のたびに手を煩わせることを謝罪した。染矢の元から通う今は、尚更《なおさら》だ。

「外に出る仕事があったんでな」

「もしかして、染矢先生の所にですか？」

澄んだ綾瀬の声音に、邪気のない喜色が混じる。

染矢先生などと、あいつを呼ぶのか。耳慣れない響きに、狩納は唇を引き結んだ。

「別にあいつに用はねえよ」

「そう、なんですか」

途端に視線を落とされ、苦い息をもらす代わりにハンドルを切る。

「…どうだ。染矢の事務所は」

綾瀬を連れ出されて以来、狩納はほぼ毎日のように染矢の元を訪ねていた。綾瀬の顔を見るためだが、しかし二人きりになれる機会は少ない。同じような問いを向けはしても、踏み込んだ話ができる環境とは言えなかった。

視線が、綾瀬の指先を撫でる。紙によってつけられた切り傷か、水仕事によるひび割れか。人間関係は元より、何事にも要領がいいとは言えない綾瀬のことだ。あの気質の染矢を前にして、磨《す》り減っていないとは思えなかった。もしかしたら、なにか吹き込まれているかもしれない。染矢の率直さは、美点とは言いがたいのだ。

「皆さん、すごくよくして下さいます」

狩納の問いに、綾瀬がちいさく目を伏せる。

だがそれはすぐに、含むところのない笑みに溶けた。同じだ。染矢の事務所で尋ねても、綾瀬は同じように笑って見せるだけだった。

「俺、法律は勿論ですが、仕事内容とかも初めてのことばかりで…。染矢さんにも事務所の方にも、迷惑かけてばっかりなんですが…」

事務所の様子を思い出してか、綾瀬が申し訳なさそうに眉尻を下げる。

綾瀬に限らず、あんな事務所にいきなり放り込まれ、困惑しない者はいないだろう。悪意はないとは言え、染矢の口の悪さには狩納でさえ辟易《へきえき》させられた。

「無理しなくていいんだぜ」

「無理なんて…!」

慌てて首を横に振った綾瀬が、自分の声の強さに目を見開く。大きくなってしまった声を恥じるように、細い首が項垂《うなだ》れた。

「……すみません。心配、かけてしまって」

するりと髪が流れ、白い頬に落ちる。

初めて綾瀬をマンションに連れて来た頃、その容貌に浮かんでいたのは緊張の色だ。

当然だろう。いきなり狩納のような大男に迫られ、体を自由にされたのだ。お蔭で屈託なく笑えることを知ったのは、幾らか後のことだった。

あの事態とは比べようがないが、それでも綾瀬が慣れない場所で気持ちを張り詰めさせているのは明らかだ。舌打ちをしたい気分で、狩納はハンドルを握り直した。

「嫌なら嫌って言え。これ以上あのオヤジをつけ上がらせる必要はねえ」

「本当に大丈夫なんです。染矢先生も色々と…法律のこととか、たくさん教えて下さって…。事務所の方々も、本当にいい方ばっかりなんです。狩納さんの事務所の皆さんと同じで」

「うちと同じで、どうしていい奴《やつ》ばっかって話になる」

これが皮肉でないのが、綾瀬の恐ろしいところだ。

どれほど好意的に判断したとしても、狩納の事務所に善人などいない。尤も綾瀬に対しては、皆善人面をしたがっているのも事実だ。躊躇《ちゅうちょ》なく毒舌を吐けるのは、それこそ染矢くらいのものだろう。

「だって本当なんです。この前もお話しした受付の篠山《しのやま》さん。初日にわざわざお昼ご飯に誘って下さったり…」

「行ったのか」

「結局染矢先生が、事務所にいた方を全員誘ってお昼に連れて行って下さったんです。軒弁？　でしたっけ。裁判所に出かけてた先生方はご一緒できなかったんですが」

そう言えば綾瀬が事務所で働き始めた翌日、染矢が昼食に連れ出してくれたと、そんな話をしていた気がする。昼食どころか、綾瀬の生活の全てを賄《まかな》うのは染矢の当然の義務だ。だが事務所の人間と共に綾瀬を誘ったのは、そうした理由からだけではないだろう。

あんな、と評しはしたが、染矢は特別綾瀬を疎《うと》んじているわけではない。自ら決めて雇い入れた限りは、他の従業員と同じように扱う気持ちがあるのだろう。同じだからこそ特別扱いすることなく、厳しくもなるのか。いずれにしても、心楽しい状況とは思えなかった。

「すみません、俺がしっかりしてないから、狩納さんに心配ばっかりかけちゃって……。でも、大丈夫です。もっと仕事にも慣れて、頑張りますから、狩納さんこそ、無理しないで下さい」

殊更明るい声を作った綾瀬を、狩納がじろりと見遣る。

「どういう意味だ」

問う声に、訝《いぶか》しさが滲んだ。鞄を抱え直した綾瀬が、生真面目な仕種で頷《うなず》く。

「毎日、事務所に来て下さるとか…。勿論、俺じゃなくて、染矢先生に用事があるのは分かってるんですが…。でも、俺、一人で大丈夫です。こうやってわざわざ送っていただいちゃうのも…、狩納さん、忙しいのに…」

狩納を気遣う響きに、嘘はない。

それを理解できても、喜ぶ気持ちにはならなかった。

こんな話を、聞きたいのではない。染矢の元で働くのが辛《つら》いなら、何故そう口にしない。

綾瀬が我慢強いことは、承知している。だが苦痛一つ訴えないどころか、狩納の助けは必要ないと、そう言うのか。

嫌な苦さを口腔《こうくう》に覚え、狩納は右手をハンドルから放した。

革張りのシートは、ゆったりとして広い。だが綾瀬の頬に触れるために、身を乗り出す必要はなかった。

「迷惑か？」

長い腕を持ち上げて、なだらかな頬骨をするりと撫でる。唐突に伸びた腕に、色の淡い睫が揺れた。

「狩納さん…？」

ぴくんと跳ねた声には応えず、顎先までを指で辿った。

同じ男だと言うのに、綾瀬の体つきに厳つさはない。骨格自体が二回りどころでなくちいさくて、どこもかしこもが薄かった。

鎖骨もそうだ。白くなめらかな皮膚の下に、くっきりと愛らしい形が浮き出ている。窪《くぼ》みが作る淡い影を、指や鼻先で確かめることが狩納は好きだった。だが撫で下りた喉元が、今日はシャツによって守られている。一番上まで丁寧に釦で閉ざされ、さらにはきっちりとネクタイが締められていた。

登校のためと言うより、染矢の職場を意識してのものだろう。生真面目なその様子が愛《いと》しい反面、妙に癇《かん》に障《さわ》った。

「なにを…」

日暮れを待つ大通りは、いつもより多くの車で混み合っている。変わり始めた信号に眼を遣り、狩納はゆっくりとブレーキを踏み込んだ。

「俺が事務所に顔を出すのは、迷惑か？」

低くなった問いに、綾瀬が困惑の目を上げる。

「そんな意味じゃ…」

上着に手を入れ、ずる、と薄い胸を撫で下ろした。身動《みじろ》ぐのを無視し、閉じられた腿の間へと掌を差し込む。

「な…」

ぐ、と力を入れて割ると、驚く内腿がきつく閉じた。締めつけられる感触を笑い、股のつけ根へと掌を押しつける。

「ちょ…、狩納さんっ…」

股間に小指が密着しただけで、綾瀬が狩納の腕を摑んだ。膝に抱えられていた鞄が、ばさりと足元に落ちる。気にも留めず、狩納はハンドルを握ったまま指を折り曲げた。

下から上へと肉をさすり上げると、あ、と詰まった声がもれる。混乱した声の響きに、肘のあたりがぞくりとした。

「手…、あ、危ない、狩納さん」

抗議する綾瀬が、逃れようと体を折る。押し揉んだ肉は、なんの反応もしていない。厚手の生地に焦れ、釦を外してファスナーを探る。

「あっ…」

じ、と音を立てて前立てを開くと、綾瀬が弾かれたように窓の外を見た。濃い目隠し《スモーク》が貼られているとは言え、交通量の多い公道だ。すぐ横には、同じように信号を待つ車が停まっている。

ぶる、とふるえた綾瀬を眺め、狩納はファスナーの内側へと手を突っ込んだ。前立てを開いてしまえば、その下にあるのは薄い綿の下着だけだった。

「っ…ぁ…」

絆創膏を巻いた指が、狩納の腕に食い込む。停車しているとは言え、ハンドルを握る男を力任せに打つ勇気はないのだろう。ふるえる指を笑い、狩納は下着越しに縮こまる肉を撫でた。

「狩……」

「誰か他にいるのか」

自分でも、子供じみていることはよく分かる。

こんなこと、口にしても意味はない。動揺と困惑に揺れる目が、舌打ちしたそうな狩納を見た。

「…っ…、なに…」

「お前にこういうことをしてくれる奴が、染矢の事務所に」

冗談でもそんな輩《やから》の存在を、許せるわけがない。

分かりきった皮肉であるにも拘わらず、さっと琥珀色の瞳に驚きが走る。大きな目を見開いて、綾瀬が強く首を横に振った。

「いいいいいるわけ、ないじゃないですか…っ」

面白いくらい詰まった声に、眉間の皺が深くなる。

綾瀬の言葉を、疑ったわけではない。望んだ通りの答を毟《むし》り取っても、一向に収まる気配のない自分の胸の内に辟易する。押し返そうと足掻《あが》く綾瀬を眺め、狩納は下着を摺り下げた。

ひ、となめらかな咽頭が引きつる。

きつく目を閉じた綾瀬の横顔は、まるでなにも知らない子供みたいだ。それなのに指の下では、ぴく、と性器が撥《は》ねる。手っ取り早く先端をつまむと、白い喉が仰《の》け反った。

「いい奴ばっかなんだろ」

「だから…っ」

首を振ろうとして、ぎくりと綾瀬が動きを止める。暴れた拍子に、隣の車の人間と視線がかち合いそうになったのかもしれない。強張り、息を詰めた綾瀬を宥《なだ》めるよう、性器の段差を親指でくすぐった。

「…ッあ…」

「じゃあ俺が事務所に顔出さなくなったら、困るんじゃねえのか」

お前、もうこんなにしてるのに。

そこだけ剥き出しにされた下着のなかで、綾瀬の性器ははっきりと芯を持ち始めている。綾瀬が訴える通り、染矢の事務所に不埒《ふらち》な輩がいるとは思っていない。あそこで働く者たちとは、狩納もそれなりに面識があった。染矢がどう紹介しているかは知らないが、狩納に親しい立場であることを知った上で、綾瀬に手を出す莫迦はいないだろう。

そうなれば、綾瀬は狩納のマンションを出て以降、誰とも性的な接触を持たずにすごしたことになる。尤も染矢の元を訪ねるたびに肩を抱き、目を盗んで口を寄せはした。だが射精を強いるほどいじり回したり、体を繋ぐには至っていない。

手元に置いておけばどんな選択肢も与えず頻々《ひんぴん》と、狩納が触れて甘やかしてきた体だ。まだ若い綾瀬にとって、刺激に無反応でいることは難しい。数日の無沙汰《ぶさた》がどう影響しているかはともかく、今狩納の手にいじられ平静でいられないのは当然のことだった。

「こんな、こと…」

膝を擦り合わせ、綾瀬がぎゅっと狩納の腕を掴む。まるで自分から、股間に男の手を押しつけているようだ。充血し始めた性器を引き出すと、綾瀬の狼狽《ろうばい》がひどくなる。

「や…」

日が傾き始めているとは言え、外はまだ十分に明るい。しめり気を帯び、鮮やかに充血した先端を指で包むと、喜ぶように性器がひくついた。

「俺が手伝ってやろうか？」

唆す声に、肩が引きつる。やわらかな前髪の向こうから、琥珀色の目が狩納を見た。

ほんの数十分前まで、大学で授業を受けていた目だ。それが今はほの赤く充血し、ぬれたように揺れている。

ごく、と他人のもののように喉が鳴った。

飢えていたのは、綾瀬ではない。むしろ手助けが必要なのは狩納自身だ。その事実にも腹が立って、潤んだ性器の割れ目を引っ掻いた。

「ッ…ぃ…」

ちいさな穴をくりくりといじると、粘つく液が垂れてくる。

注意深くこの車中を覗けば、のたうつ影が窺えるはずだ。隠しようのない状況に、綾瀬の首筋が真っ赤に染まっている。そろそろ切り替わるだろう信号を確かめ、狩納は舌先で唇をしめらせた。

「それよりこのまま、染矢の事務所に行きてぇか」

びくりと、それこそ射精してしまいそうに綾瀬が跳ねる。ぬれた目が、助けを求めるように狩納を見た。

こんなものは、ただの脅しだ。だがそんなふうに、綾瀬が高を括《くく》れるはずもない。実際頭に血が上ってしまえば、自分がどんな挙動に出るかは狩納にも分からないのだ。

勿論綾瀬を苦しめたいとは思わない。だが相手が綾瀬であるからこそ、自分が見境をなくすということも狩納は十分に自覚していた。

「やめ…て、下さい…」

薄い背中を丸め、綾瀬が乞う。

「確かにこんな格好じゃあ、仕事になんねぇよな」

しずくでぬれる陰毛を指に絡め、つけ根から先端へと血管を辿った。限界まで膨らんだ性器を握ると、座席の上で痩軀《そうく》が悶《もだ》える。

「ぁあ…ッ」

「どうして欲しい、綾瀬」

低めた声は、まるで綾瀬の望みを叶えてやろうとでも言うようだ。にやつく唇の形を隠しもせず、見開かれた目を覗き込む。

自宅でそうするように、舌を伸ばして舐め回してやりたい。疼《うず》く舌先で唇を潤すと、しゃくり上げる息が綾瀬の唇からこぼれた。

その唇は、どんな懇願も無意味なことを知っている。

「……、です…」

「あ？」

はっきりとは聞こえなかったそれに首を傾けると、ひくつく性器から期待に満ちた蜜がこぼれた。

「して…、欲しい、です……。狩納さん、に…」

悲鳴じみた声と同時に、びく、と性器が撥ねる。

健気《けなげ》な体に喉をふるわせ、狩納はゆっくりとアクセルを踏み込んだ。

顳顬《こめかみ》を、汗が伝う。

全身が熱を持つ感覚に、唇の端が歪んだ。大きく息を吐いた鼻先から、しずくが落ちる。ぽつ、と音もなくしたたったそれが、白い背中で潰れた。

見下ろす背が、上下に揺れる。

続いてもう一滴したたった汗を受け、綾瀬が呻いた。

「……ぅ…、っ…」

声とも呼べない弱い息に、ぞくりと鳩尾のあたりが疼く。今度こそはっきりと、狩納は唇に笑みを刻んだ。膝で体重を支え直し、己の陰茎を呑んだ穴を指で広げる。ぬる、とぬれた肉を引き抜くと、体の下であたたかな体が悶えた。

「ぁっ……」

堪えようにも、堪えきれない。そんな響きでもれた音に、狩納は首を差し伸ばした。

呻いた綾瀬の首筋に、唇を当てる。赤く染まった肌と、混ざり合った汗の匂い、なにより互いの精液の匂いが、体を包んだ。微かに混じるのは、香料の甘さか。汗でしめった髪の生え際に鼻面を擦りつけると、敷き込んだ体が苦しそうに揺れた。

皺が寄った敷布に右腕をついて、少しだけ体を持ち上げる。うつぶせに投げ出された綾瀬の背中に、狩納は添う形で厚い胸板を重ねた。

微かに、寝台が軋む。

手近だという理由だけで選んだホテルは、思った以上に広かった。それでも自宅の寝室には及ばない。

真っ直ぐマンションに戻ってもよかったが、正直その時間も惜しかった。

普段とは違う空間に連れ込まれ、強張る綾瀬を抱き込むのはそれはそれで気分がいい。もっと下世話で、性交を目的としただけのホテルを選べばよかったか。

ふとそんなことを考えてもみるが、結局面倒で近場に部屋を取った。

「綾瀬」

名前を呼んで、上気した項に歯を当てる。

落ちつき始めた狩納の呼吸とは違い、綾瀬の背中はいまだ苦しげに揺れていた。肺活量と、基礎体力の違いだ。そもそも群を抜いて頑健な狩納と、綾瀬とを比べることが間違っている。

「風呂、使うか」

飽きもせず首筋を嚙《かじ》り、返答を期待しないままに尋ねた。案の定声も返さず、綾瀬が身動ぐ。

道中で煽《あお》った綾瀬に、射精を許したのはこのホテルの駐車場でのことだった。密室とは言え、覗き込まれれば車内の行為など隠しようがない。駐車場に人の気配を感じるたび、綾瀬はかわいそうなほど息を詰めた。

長引かせたせいで、射精するのは難しいかもしれない。そう考えもしたが、勃起《ぼっき》した性器だけを露出させられる刺激は、綾瀬をいつもより興奮させていたようだ。何度も引き留め、焦らし続けた性器を口で覆《おお》ってやった途端、爪先を引きつらせて射精した。

勿論、それだけで終えてやるつもりはない。綾瀬の呼吸が整いきるのも待たず、抱き抱えるようにして部屋を取った。後はもう、狩納の思うがままだ。

「今、時間……」

くぐもった声が、汚れた寝具に落ちる。肘で体を支えた綾瀬が、なんとか床に下りようと身動いだ。

「終わった途端、そんな心配かよ」

寝台に左の肘をつき、右の腕をなめらかな背中に被せる。筋肉質な男の腕は、ずっしりと重い。苦労して寝台から体を乗り出した綾瀬が、枕元の時計に気づきたじろいだ。

「駄目だ、俺、電話を…」

狼狽した声は、一人言に近い。この部屋に入った直後も、綾瀬は電話をかけたいと訴えた。

「必要ねえだろ」

面倒臭さを隠さず、起き上がろうとする腰に腕を回す。寝台から下りることもできないまま、綾瀬が痩せた体を捻《ひね》った。

「あり、ますよ…っ、電話しないと。もう、こんな時間…」

先程まで酷使していたせいか、綾瀬の声は不安定に掠れている。疲労を拭えないその響きにさえ、ぞくりとした。

「きっと、心配してます、染矢先生……」

腹を立てている、の間違いではないのか。ぶる、とふるえた綾瀬に、狩納は舌打ちを呑んだ。

「連絡は入れてある」

低く教えると、琥珀色の目が驚いたように男を仰ぎ見る。

「いつ」

「大学まで、俺がお前を迎えに行くってな」

送迎を担うのが狩納の事務所の者であったとしても、予定通りに帰宅しなければ染矢としても放ってはおけない。面倒を避けるため、綾瀬を拾う前に一度染矢には電話を入れておいた。

自分が迎えに行く、とだけ告げた狩納に、男の反応は予想通りのものだ。お前が甘やかすから悪いだの、我慢が利かないだの、挙げ句お前の父親はと散々喚《わめ》かれたが、耳を貸す気にもならず通話を切った。

「あ、ありがとうございます。…でも、こんなに遅くなっちゃって……」

場違いな律儀さで、綾瀬が礼を口にする。そこにはやはり、皮肉など微塵もない。

「構わねえ。風呂使ったら、マンションに戻るぞ」

狩納の言葉に、長い睫が揺れる。問う目で見返され、狩納は汗が浮く背に唇を落とした。

「染矢の所に行く必要はねえ」

「…染矢先生、が、戻らなくていいって、そう仰《おっしゃ》ったんですか…？」

硬い声が、尋ねる。

体ごと向き直ろうとする綾瀬に、狩納は胸と腰骨とで乗り上げた。大柄な体が伸しかかると、それだけで敷き込んだ肺が弾む。圧倒的な体格の差に注意を払いながら、そろりと痩せた脇腹を撫で上げた。

狩納の沈黙に、問いの答を読み取ったのだろう。見上げてくる瞳が、さっと曇った。

「早く帰らないと……」

呻き、立ち上がろうともがいた体に頭のなかが煮え立つ。

何故それほど、戻りたがるのか。

泣き言一つもらすでなく、綾瀬は務めを果たそうとする。たとえ居心地が悪かろうが、それでも自分の元に戻るよりはましだと、そう言うつもりか。

愚かな考えなのは、よく分かっている。否。それは本当に、愚かな妄想《もうそう》だろうか。

むしろ綾瀬にとって、染矢の元よりも自分との暮らしの方が安楽であると、そう考えることこそが妄想ではないのか。

思い描き、狩納は歯軋りをもらす代わりに掌を広げた。

「ちょ…、狩納さん」

骨に守られていない腹部は、誰にとっても急所だ。背中から伸しかかり、右手で股間まで辿り下りる。

繋がった形で一度射精を強いた性器は、まだ乾いていない。ぐっしょりとぬれた陰毛を掻き上げ、手探りで先端を握り込んだ。

「っ、あ……」

高くもれた声に、なまあたたかい痺《しび》れが首筋を覆う。

狩納にとっても、数日ぶりに味わう綾瀬の肌だ。まだ日が落ちる前だろうと、触れれば簡単に腹が減る。膝で体を支え直し、もがく腰をずるりと引き寄せた。

「狩納さん…!」

大学から戻った後、短時間でも事務所に出るつもりだったのだろう。だが時計はすでに、染矢の事務所の終業時刻を示していた。

「俺に事務所に来て欲しくねえだの、帰るだの」

肩口に歯を立て、舌の平を使ってべろりと舐める。細かな肌理《きめ》と汗の味とが粘膜を甘やかし、一度去ったはずの熱が腹で燻った。

性器をつまんでいた指で裏筋を辿り、陰嚢《いんのう》を転がす。どろつく肉を揉んでやると、引き寄せた腰が苦しそうに揺れた。

誘うような動きだ。

実際はその逆なのかもしれないが、構いはしない。人差し指と中指とを揃え、突き入れる動きでその奥にある皮膚を擦り上げる。

「ひ…」

尻穴へと続くやわらかな肉は、綾瀬にとって特に敏感な場所の一つだ。女ならば男を受け入れるための穴があるだろうそこを、ずる、と二本の指で抉《えぐ》ってやる。

腹の深い場所にある器官に響くのか、綾瀬が腰を浮かせて嫌がった。手首のあたりで揺れた性器が、ぺちゃ、とぬれた音を立ててぶつかってくる。わざと腕をこすりつけてやりながら、尻の割れ目に添って指を押し込んだ。

「…ん…、ァ…」

ぬるんだ粘膜に指が引っかかると、綾瀬の背中からがくりと力が失せる。

気持ちいいというより、まだそこに触れられるのが怖いのだろう。今し方まで狩納を呑み込んでいた尻穴は、ローションと精液とでどろどろだ。

「尻こんなにしたまま、染矢ん所に戻る気か」

低く笑い、人差し指をゆるんだ穴に食い込ませる。撓《しな》った背中を胸の下で味わい、無造作に体を擦りつけた。

入って来る指から逃れようと綾瀬が腰を上げると、汚れた尻が狩納の腹に当たる。だがそれを嫌って尻を落とせば、今度は太い指が深くもぐった。怯えたように、綾瀬がぎこちなく尻を揺らす。

「…ァあっ…」

顎先で髪を掻き分け、薄い耳殻《じかく》を舐め上げた。

歯触りのいい軟骨も、綾瀬が感じ入る場所の一つだ。赤味が引き始めていた耳殻はひんやりとなめらかで、口に含むと指を入れた穴が締まる。

「あそこにいても、辛えんだろ?」

低めた声で囁《ささや》くと、男を振り返ろうと綾瀬が痩せた背中を軋ませた。

「そんなこと…」

泣き声のように、声が引きつる。

大きく首を横に振った綾瀬に、狩納は乱暴に腰を突き出した。

「ねえってか?」

わざとらしく体を揺らすと、勃起し始めた陰茎がびたんと尻を打つ。あ、と前のめりに逃げようとした腰を引き戻し、先刻よりも強く陰茎を擦りつけた。

「や、狩……」

放してくれと、そう訴える声が高く掠れる。だが憐憫《れんびん》を誘われるより先に、欲情した。唾棄すべき怒りのせいか。

中指を伸ばし、ぐる、とぬるんだ粘膜を掻き混ぜる。重たげな音を立てて、奥からあたたかな粘液があふれた。ぬれるはずのない器官が、自らぬかるんでいるような錯覚が愛しい。喉の奥で笑い、押し込んだ指を折り曲げる。馴染んだ場所を手探りすると、ふっくらと腫《は》れた感触が指先を掠めた。

「っ、ア…！」

「戻るだけ無駄じゃねえか。お前にできることなんかあるのか？　染矢の所で」

ぎく、と抱き込んだ体が大きく跳ねる。性感に因るものではない。ふるえた背中が、打ちのめされたように強張る。

今覗き込んだなら、その目はどんな色を映しているのか。声さえ上げられずにいる綾瀬に、喉が渇く。堪えきれず、狩納は白い首筋に歯を立てた。

「違わねえだろ」

壊れそうな背中を胸で圧し、尻に埋めた指でそっと円を描く。

「あッ、あぁ」

顔が見えないのが、惜しい。単純にそう思ったが、代わりに緊張する筋肉の動きが腹や胸に直接伝わった。その気持ちよさを笑い、指で捉えた場所を殊更丁寧に捏《こ》ね回す。

這《は》い逃れることができないまま、がたがたと綾瀬の膝がふるえた。もう密着した狩納の陰茎になど、意識を向けていられないのだろう。さすり上げるように痼《しこ》った肉をいじると、狭い穴がぎゅうぎゅうと指を締めつけた。

「だったらなんで、戻りたがる」

口にすべきは、こんな言葉ではない。

分かっているのに、責める響きばかりが音になる。

舌打ちを呑み、つけ根近くまで指を押し込んだ。膨らんだ場所を押し潰されるより、その周囲を揉まれる方が綾瀬には辛いらしい。焦らすことなく指を使うと、疲れきっているだろう体がびくんと跳ねた。褒めるように、首筋に歯を当てる。

そっと顎に力を込めると、あぁ、と泣き声に近い呻きがこぼれた。

突き崩し、貪らずにはいられない声だ。首筋を噛んだまま、狩納は狭い穴のなかで指を開いた。

「…んあっ…」

ぷちゅ、とあふれた粘液が、皺になったシーツに垂れる。

先程まで太い陰茎を呑んでいた穴は、まだ十分にゆるんでいた。閉じていられなくなるまで揉みほぐしながら、指を折り、広げて具合を確かめる。

「狩……」

ぬる、と指を引き抜くと、細い声が自分を呼んだ。

だがその視線は、振り返らない。そんな力も、残っていないのか。愛おしさと、相反する凶暴な感情とが腹で鬩《せめ》ぎ合う。

もう数え切れないくらいこの体を抱いたのに、焦燥一つ拭えない。なにか、一言。なにか一言言葉にできれば、この下らなさを打ち殺せるのか。噛み締めた歯の隙間から、笑うような息を絞る。

歯形が浮いた首筋にそれを吹きかけ、狩納はぬれた尻へと陰茎を押し当てた。

「い……っ…」

膨れきった先端で小突くと、吸いつくように口が窄《すぼ》まる。逃げるように揺れた尻をぱちんと叩いて、今度は逸らすことなく突き入れた。

「あっ、んあ……」

つい先程までと、ほぼ変わらない体位で繋がる。だが先刻よりも熱を持つ粘膜に、狩納は知らず奥歯を食いしばった。引きつる綾瀬の体が、すぐに前のめりに落ちそうになる。腰を摑んでそれを引き上げ、突き上げる動きで揺すった。

多少乱暴に抉っても、ゆるんだ肉は軋まない。ゆっくりと、だが深く陰茎を埋めると、涙混じりの悲鳴が細くもれた。

「綾瀬」

汗が伝う背中を見下ろし、声にする。

混ざるのは揶揄《やゆ》ではなく、求める響きだ。舌打ちを、したくなる。性交の最中にこんな声で誰かを呼んだことなど、綾瀬以外にはない。自分の胸の内をまざまざと教えられ、眉間を歪めて尻肉を摑んだ。

「っァ…、や…」

指を食い込ませ、掌を使って大きく開く。ずっぽりと肉を呑んだ場所が、どんな形で狩納の眼に晒《さら》されているのか。犬のように這う綾瀬には、自分の目では確かめようがない。だがその分、嫌でも想像してしまうのだろう。高い声を上げた痩身が、やめて、と喘《あえ》いで尻を揺すった。

「言えよ」

全身で拒絶を示そうにも、そんな動きは男を喜ばせるものにしか見えない。尻に指を食い込ませ、埋めた肉を軽く突き上げた。

ただでさえ大きな狩納の性器を受け入れるには、綾瀬の体はあまりにも小柄だ。苦しむ脇腹を掌で宥め、馴染ませるように腰を揺する。引き出した陰茎をもう一度押し込むと、ぶちゅ、と爆《は》ぜる音を立てて粘液があふれた。

猥雑《わいざつ》な音だ。

それにさえ羞恥《しゅうち》と性感とを煽られるのか、綾瀬が両手でシーツを掻き毟る。

「なんでだ」

ローションを注ぎ足してもいないのに、陰茎を動かすたびしずくが垂れた。確かめるように、穴の縁をぬるりと撫でる。

自分の腕のなかに、あるべき体だ。確信は揺るぎなく腹にあるのに、下らない焦燥は去らない。ぐ、と腰を突き入れ、伸ばした腕で薄い腹を手探りする。

「あっ…あぁ…ッ」

すぐに揺れる性器が指に当たり、はぐらかすことなくさすり上げた。苦しいほどいっぱいに肉を詰め込まれているくせに、慣らされた体は弾けそうに反応している。

「なんでだ、綾瀬」

低い呻きを、奥歯で砕く。

肺を蹴るのは凶暴で、逸らしようのない感情だ。大切に掻き抱いてやりたい気持ちと、相反する衝動に体が動く。

伸しかかり、名を注ぐと抱き込んだ背中《せ》がふるえた。捕らえた綾瀬の性器から、あたたかな体液がとろりと垂れる。握り込み、休ませもせず急き立てた。

「…ひ…、ア…、狩…」

引き絞られる声を、息を詰めて聞く。顳顬を伝った汗が、のたうつ背中に落ちた。


煙草の苦さに、舌先がざらつく。

美味くもない煙を吐き出し、狩納は銀色の扉を見た。苛つくほどのんびりと、エレベーターの扉が開く。

実際闇雲に腹が立ちそうだが、それはのろまなエレベーターのせいだけではない。二日前の夜から、厳密に言えば綾瀬を掻っ攫われた瞬間から、狩納は常にこの不機嫌さを飼い続けていた。

気に入りの玩具《おもちゃ》を、取り上げられた子供でもあるまいに。

うっすらとその自覚があるからこそ、余計に腹が立つ。

大学まで迎えに行ったあの日、結局綾瀬は狩納のマンションには戻らなかった。

猫の仔よりも大人しいと染矢は言うが、あれでいて綾瀬は相当に頑固《がんこ》だ。

染矢に辛く当たられたからといって、約束半ばで逃げ出すわけにはいかない。どうせそんなことを考えているだろうことは、想像がついた。綾瀬らしいと言ってしまえばそれまでだが、だからといって面白いわけもない。

泣き言の一つでもこぼせば、可愛気《かわいげ》があるものを。

自分の想像に、ぐっと鳩尾のあたりに嫌な重さが過った。フィルターを噛む衝動を、辛くも堪える。

気がつけば、このところ煙草の減りが早い。

「あの野郎…」

意図せず、低い唸りがもれる。

響きの剣呑《けんのん》さに、エレベーターに乗り込もうとしていた男がぎょっと飛び退いた。このビルの、どこかの事務所に用があったのだろう。

狩納と鉢合わせ、平静でいられる者など少ない。なんといっても群を抜いた体軀に、この風貌だ。その上不機嫌さを隠す気さえないとなれば、不幸にも行き合った者は壁に貼りつくことしかできない。

道を譲った男に眼をくれることもなく、苦い煙を吐き出す。

真っ直ぐに伸びた通路には、取り澄ましたような印象があった。こんな所も、染矢の好みに適《かな》っているのだろう。すっかり通い慣れてしまった通路の右手に、よく知った事務所の看板がかかっていた。

二日ぶりにくぐる扉だ。その事実も、狩納の胸を悪くした。

顔を出してもらう必要はない、と。一人でも大丈夫だと、そう言った声音が耳に蘇る。

その上で狩納のマンションではなく、綾瀬は染矢の元に戻ると呟《つぶや》いたのだ。

殴りつけ、有無を言わさず車に引き込むこともできた。だが結局、狩納は綾瀬に服を着せるとホテルを後にした。

送り届けた先は、染矢の自宅だ。助手席に収まってからも、綾瀬は疲れきった指先でスーツの皺を気にしていた。必要なら業者を呼んで、整えることもできた。道具さえあれば、綾瀬が自らアイロンを当てると言い出したかもしれない。だが狩納は手段があることを知りながら、提案することもしなかった。

風呂場で綾瀬を洗い、すっかり皺が寄った着衣に袖を通させる。そうされながら綾瀬がどんな気持ちでいたかなど、目を覗き込んで尋ねるまでもない。

肺の底から煙を絞り、狩納は染矢の事務所の扉をくぐった。

「いらっしゃいませ」

やわらかな女の声が、親しみと喜色とを込めて出迎える。

硝子《がらす》張りになった自動扉の奥に、機能的な受付が設けられていた。その奥に収まった若い女が、狩納を見上げ華やいだ笑みを浮かべる。

エレベーター前で行き合わせた男とは違い、狩納の双眸を目の当たりにしても怯む気配はない。染矢が雇い入れるだけの理由はあると言うことか。一瞬視線を巡らせた狩納のために、女が愛嬌《あいきょう》のある手つきで灰皿を差し出した。

「染矢は？」

挨拶もなく、出し抜けに問う。

先日綾瀬の口から、この女の名前を聞いた気がする。篠山とか言ったか。不躾《ぶしつけ》な視線で見下ろし、狩納は短くなった煙草を灰皿に押しつけた。

「申し訳ありませんが予定が少し遅れていまして、まだ戻っておりません。今は移動中のようですから、もう間もなく着くかと思います」

ここしばらくは頻繁に顔を出しているせいか、篠山も慣れたものだ。面会の約束の有無は勿論、用件を尋ねることもせず女が通路の奥を示した。

「綾瀬さんも、今日は染矢先生について法廷に行ってらっしゃいます。途中一箇所お寄りになって、一緒にお帰りになるはずですから、どうぞ奥でお待ちになって下さい」

狩納が尋ねるより先に、篠山が綾瀬の名前を口にする。狩納の事務所の人間も、大抵が綾瀬さんとそう呼んだ。特別なことは一つもないが、互いに年齢が近いせいだろうか。女がこんなふうに綾瀬を呼ぶのかと思うと、不意に喉元が疼いた。

立ち上がった篠山が、所長室へと狩納を促す。なにかありましたらいつでもお声をおかけ下さい、と丁寧に頭を下げ、女は扉を閉ざした。

腕の時計に眼を落とせば、時刻は二十時に近い。すでに終業時刻をすぎているとは言え、この時間にしては珍しく事務所からは人の気配が失せていた。

「莫迦莫迦しい」

言葉にした通りの愚かしさで呻き、狩納は新しい煙草を取り出した。だがそうと知りながら、ここに足を運んでしまうのは狩納自身だ。

昨日も都合さえつけば、顔を出すつもりでいた。

尤もらしい理由は、幾らでもある。染矢の元に身を寄せているとは言え、綾瀬の様子を確認するのは狩納の義務だ。綾瀬が嫌がろうと、そんなことは関係がない。だがどう論《あげつら》ってみても、結局は言い訳だ。

火が点《つ》いていない煙草を唇に挟み、右の眼窩《がんか》を無造作に押し揉む。

眼底に、鈍い重さがあった。思い返してみれば、昨晩はろくな寝台で寝ていない。仕事に区切りをつける必要もなく、外で食事をすませると以前はよくそうしていたように、事務所の仮眠室で朝を迎えた。何時間かは眠ったつもりでいたが、いつになく眼の周りの筋肉が張っている。忌々しさに舌打ちをもらした時、微かな気配が耳に届いた。

染矢が、戻ったのだろうか。

扉を開くと、事務所の入り口からよく知った声が聞こえた。張りのあるそれは、やはり染矢のものだ。出迎えた篠山の声に重なり、控え目な響きが挨拶を返す。

「お疲れ様です、篠山さん。…あの、染矢先生、さっきのお話ですが…」

「全く綾瀬君は、他人を信用しすぎだな。あんな話を真に受けてどうする」

よく通る声が、ぴしゃりと窘《たしな》めた。狩納が立つ廊下からは、入り口全体を見渡すことはできない。だが染矢の声に打たれ、綾瀬が肩を落としただろうことは想像がついた。

「でも、女性が殴るだなんて。ええと、昨日教えていただいた…」

「男か女かなんて関係あるか。まず人の話は疑ってかかれ。篠山君、どうしてまだ明かりを点けてる。来客か？」

綾瀬に投げた声に続けて、染矢が篠山に尋ねる。用件を切り出させる間を与えなかったのは、他でもない染矢だ。だがそんなことには慣れきっているのか、篠山は穏やかに頷いたらしい。

「はい、つい先程……」

狩納社長が、と続けられようとした声が、不意に途切れる。施錠されていなかった自動扉が開き、綾瀬が振り返った。

「いらっしゃいませ。大変申し訳ありませんが本日の受けつけ時間は…」

愛嬌のある声が、丁寧な謝罪を口にする。だがそれはすぐに、ちいさな悲鳴に変わった。

「染矢先生！」

名前を呼んだのは、意外にも綾瀬だ。

正面入り口から入り込んだ男が、痩せた体を突き飛ばす。大きくよろめいた綾瀬には目もくれず、男は真っ直ぐ染矢の胸倉に摑みかかった。

「俺の金を返せッ」

言葉と言うより、咆吼《ほうこう》に近い怒声が爆ぜる。眦を吊り上げた、中年の男だ。体つきにも顔にも、覚えがあった。ここしばらく狩納の手を煩わせていた、柿谷と言う客だ。

思いを巡らせるまでもなく、合点がいく。二日前、柿谷は染矢の手を借りて自己破産の申し立てを行った。希望通り同時廃止となったが、しかし後になって不満を抱きここまで来たというわけか。

踏み出そうとして、躊躇する。ここに狩納がいるなど、柿谷が知るはずもない。突然踏み込めば逆上し、手がつけられなくなる虞《おそ》れもあった。

「落ちつきなさい。用があるなら、なかで聞く」

スーツの襟を摑み上げられ、染矢が低く制する。

だがあたたかみのない響きは、人を宥めるにはあまりに不向きだ。人のことを言えた義理ではないが、案の定柿谷が喚いた。

「落ちつけだと？　ふざけるなッ」

「大きな声を上げるのはよしたまえ。事務所の者がびっくりするだろう」

動けずにいる綾瀬と篠山とを、染矢が見る。危ないから近づくな、と目で制され、綾瀬が篠山を背後に庇《かば》った。

「黙れ！　最初から胡散臭《うさんくさ》いと思ったんだ…。離婚までさせやがって。あんなもの、形だけだって言ったじゃないか！」

「私はなにも勧めたりはしていない。離婚届に判を捺《お》したのは、君自身だ」

染矢の声は静かだだが、阿る響きはない。感情的な対応を避けることで、相手の興奮を削《そ》ごうと言うのだろうが、柿谷は血走った目で体をふるわせた。

「慰謝料《いしゃりょう》ってことにして渡しておけば、自己破産しても金を残せるって言ったのはお前だろッ」

騙《だま》しやがって、と男が声を裏返させる。

自己破産に先立ち、柿谷が離婚をしたのは事実だ。いかに羽振りがよかった者でも、一度転がり落ちれば底など見えない。だが全てが失われたかに見えても、大抵の者は最後の最後までなにかしらを握っているものだ。柿谷もまた、その例にもれなかった。

「私は弁護士だ。そんな違法行為を勧めるわけがないだろう。離婚の原因はあくまでも君の家庭内暴力だ。手元に現金を残せるもなにも、君が奥さんに支払ったのは、君の暴力に対する慰謝料じゃないか」

「話が違うだろ！　あれは俺の金だ。任意整理なんかやめて自己破産しろって、そう勧めたのだってお前らのくせに…！」

離婚する際、柿谷は家庭内暴力を理由に、一般より高額の慰謝料を夫人に支払った。それによって手元の資金が底をつきたとして、男は染矢の手を借り自己破産を申し立てたのだ。

　自己破産が認められ免責となれば、それまでに作った借金の返済義務はなくなる。だがその時点で所有している資産があれば、それらは裁判所によって没収された。尤も自己破産に至る経緯で、大抵の場合は資産など消えてしまう。もしある程度資産を有しているならば、自己破産ではなく任意整理を選ぶ道もあった。

　柿谷も当初は、この任意整理を勧められていたらしい。持ちかけた相手は、柿谷が金を借りていた狩納の同業者だ。無論そいつらに、親切心があってのことではない。焦げつき始めた柿谷への貸しつけを回収するため、自社以外から借り入れを行うよう助言したのが始まりだ。

　任意整理に踏み切れば、返済義務は残るが申し立て以降の利息は免除される。手元の資産を没収されることもなく、柿谷には利益があるように聞こえたのだろう。唆した業者にしてみれば、債務整理前に自社の貸しつけさえ回収できれば、後がどうなろうと関係はないのだ。他社から金を借りさせ、自社への返済を終えた後は、元本の返済のみを柿谷に任せる。破綻が明らかな計画ではあったが、損得を天秤《てんびん》にかけ、また目の前の債務に背中を押されて、柿谷は狩納の事務所からも借り入れを行った。

「返済義務が残る任意整理より、全部帳消しにできるなら自己破産の方がいいと言ったのは君じゃないか。私は君が提出した資料を信じて、手続きを行っただけだ。もし君がなにかよくない期待をして奥さんと離婚したのなら…」

「今更きれいごと抜かすな！　あいつはどこだ！　どこに隠したッ」

火が点いたように、柿谷が怒鳴る。拳を振り回しかねない男の剣幕《けんまく》に、ひ、と篠山が息を呑んだ。

「なんの話だ」

「とぼけるなッ。俺の女房だ。お前らが匿《かくま》ってんだろ!?　逃げやがって、あいつ……。俺の金持って……！」

逃げたと、そう喚いた柿谷にも、染矢は少しも驚かなかった。

それは予め、想定していたことだ。むしろ柿谷の言葉通り、狩納たちが立てた筋書でもある。

辟易と息がもれそうになり、狩納は煙草を放った。

自己破産を行った場合、没収となるのは破産申立人の資産に限られる。没収を免れようと名義を書き換えたところで、そんな工作は不動産の名義や口座情報から簡単に露見した。逆に以前から妻の名義であった資産は没収の対象ではないため、離婚しようがしまいが結果は同じなのだ。

自己破産に際し、離婚する利益はないに等しい。しかし今回に限っては、利点と呼べるものが柿谷の妻にはあった。

「君たちは合意の上で離婚したんだ。慰謝料はもう元奥さんのものだし、家を出てどこに行こうが、そんなものは彼女の自由だ」

離婚後のことまでは、私は関知しない。

淀みなく告げた染矢に、柿谷の顔が赤黒く染まる。

柿谷が望んだのは、資産を隠す偽装の離婚だ。だが、妻は違った。

妻が望んだのは、柿谷からの離別だ。

柿谷の自宅を訪問した際、夫人の腕に残る痣《あざ》に狩納はすぐに気がついた。恒常的に振るわれていた暴力を理由に、診断書を書かせるのは簡単なことだった。

「ふざけたことを言うな！　あいつ、俺の気も知らないで…！　黙って出てくなんて許せるかッ」

こんな男と二十年近く連れ添ったと言うのだから、夫人の忍耐もかなりのものだ。だが結局、疲れきった女は狩納の誘いに迷うことなく頷いた。

離婚できるのなら、なんでもする。

しかしただ離婚を望んでも夫が同意しないことを、彼女はよく知っていた。三百万近い慰謝料は、言ってみれば餌《えさ》だ。残っている預貯金を掻き集め、離婚する妻への慰謝料に充《あ》てる。実際それは偽装された離婚で、慰謝料はほんの一時妻に預けるにすぎない。従順な妻の説得もあり、金も妻もすぐに手元に戻って来ると柿谷は信じた。たかが三百万とは言え、裁判所に没収されるくらいなら策を弄《ろう》してでも手元に残したい。気持ちは理解できても、まともな弁護士ならばそんな違法行為に荷担するはずがなかった。

だが狩納に染矢を紹介され、柿谷は一も二もなくその話に飛びついた。偽装離婚どころかそれ以上の工作も可能ならと、任意整理を勧めた業者を切り捨て、狩納への返済を優先したのだ。

「慰謝料がどうなったかも、君の元奥さんがどこにいるのかも私は知らん。離婚後については、君たちの問題だ」

言葉が終わるのを待たず、柿谷が上着からなにかを摑み出す。

それまで声さえ出せずにいた篠山が、きゃあ、と甲高い悲鳴を上げた。

取り出されたのは、刃渡りの長い果物ナイフだ。焦る指で鞘《さや》を捨て、柿沼が鋭利な刃物を握り直す。

「黙れ黙れ！　じゃねえとあの女より先にお前ら全員ぶっ殺すぞッ！」

舌打ちを吐き捨て、狩納は大股に廊下へと踏み出した。

素手で脅されるだけならどうにでもなるだろうが、刃物となれば話は別だ。光る切っ先を翳《かざ》し、柿沼が染矢の襟首を摑み上げた。

「言え！　どこに隠したッ。慰謝料だけじゃねえ、あの女、全部、全部持って逃げやがった…！」

「やめて下さいっ！」

どこだ、と叫んだ柿沼の怒声に、はっきりとした声がぶつかる。高くなった篠山の悲鳴のせいだけでなく、ぞっと心臓が冷えた。

驚いたのは、柿谷だけではない。

ほっそりとした体が、ぶつかるように柿谷の腕にしがみつく。

「な、なんだお前…」

それまで一言も発しなかった少年が、唐突に割って入って来たのだ。摑みかかってくる綾瀬を見下ろし、柿谷が目を剝く。

「離れていなさい！」

染矢にとっても、それは全く予想外の出来事だったのだろう。心底驚き、染矢が綾瀬を押し遣ろうと腕を伸ばした。だがそれには応えず、綾瀬が尚も刃物を摑む男の腕に取り縋《すが》る。

「駄目です！　こんなことしたって」

放たれた声の大きさに、染矢がぎょっと目を見開く。

「放…」

「お、奥さんに、暴力を振るったんですか？」

振り払われまいと必死で足を踏み締め、綾瀬が胸を喘がせる。

「か、家庭内暴力、ドメスティックバイオレンスは…、近親者の間で起こる暴力を指す。恋人間や離婚後の夫婦もこれに含まれ、身体的な虐待《ぎゃくたい》のみならず、相手にストレスを与える精神的虐待、異常な嫉妬《しっと》などの性的虐待、意図的に社会から隔絶させる行為、経済的な支配なども指す…！」

染矢の一言一句を写し取ったかのように、綾瀬が一息に暗唱した。それはこの事務所に来て、教えられたものなのだろうか。思いがけない声の強さにたじろいだ柿谷が、弾かれたように腕を振り上げた。

「な…、なんだこいつ…ッ」

「奥さんが出て行った理由が、自分にあるって、あなただって分かってるはずです…！」

真っ直ぐな視線が、振り解かれまいと柿谷を見上げる。

世辞にも、威圧的な眼光とは言いがたい。だが懸命なその色に、男がぐっと息を呑むのが分かった。

「言わなきゃ、分かるはずないじゃないですか！　奥さんに気持ちを分かって欲しいなら、こんなふうに誰かを…奥さんを脅したって、絶対に駄目です」

きっぱりと言葉にされ、組みつかれた男が息を詰めた。

それは狩納自身も、似たようなものだ。廊下を踏んだ爪先が、鈍く揺れる。

「黙…」

吐き捨てようとした怒声ごと、柿谷が体をふるわせた。

体重をかけてしがみついたところで、綾瀬の力など知れている。それにも拘わらず遮二無二縋る指に、呆気《あっけ》に取られたのかもしれない。

「戻って来て、欲しいんですよね？　だったら今からでも、ちゃんと話し合って下さい。分かってくれて当たり前だとか、こうしてくれたらいいのにとか、相手のせいにしないで、ちゃんと自分の気持ちを話して下さい。そうじゃないと奥さんは…」

「だ、黙れッ！　なに言ってるんだこいつ…ッ」

喚いた男が、我に返ったように身をもがかせた。

ゆるんだ腕から、染矢の体が摺り落ちる。同じく突き飛ばされた綾瀬もまた、ぐらりと体勢を崩した。

あ、と声を上げ、染矢が腕を伸ばしたが間に合わない。揺れた切っ先が、綾瀬の眼前を掠めた。

「綾……！」

叫んだのは、染矢だ。銀色の切っ先が頬を裂こうとしたその瞬間、狩納は右腕を伸ばした。

軽い体が、男の腕に崩れ込む。これほどまでに、綾瀬の体は薄かっただろうか。脆《もろ》いものを受け取る驚きと共に、狩納はしっかりと綾瀬を抱き留めた。

「狩納…さん…」

何故ここに、狩納がいるのか。

自身の目を疑うように、琥珀色の瞳が瞬く。こぼれそうに見開かれたその目を、狩納は奥歯を噛んで見下ろした。

「お、お前…ッ」

あんぐりと、柿谷が口を開く。

驚いたのは、むしろ綾瀬よりも柿谷の方だったかもしれない。

狩納がいないと考えたからこそ、男はここに来たのだろう。

柿谷はなにも愛情から、元妻の身柄に執着しているわけではない。見つけ出し、怒りのままに殴りつけてやりたいと考えてはいるだろうが、一番の目的は女ではなく金だ。慰謝料の名目で渡した三百万も、決してちいさな額ではない。だが柿谷の元妻が持ち出した金は、それだけには留まらなかった。

「狩納…！　お前、なんで、ここに…」

「騒ぎすぎだろ、手前ェ」

煩わしさが、声になる。

ぎょっと、その一言で柿谷の容貌から血の気が失せた。竦み上がった男の手から、刃物がごとりと床に落ちる。思わず取り落としたそれを拾う余裕もなく、柿谷が弾かれたように踵《きびす》を返した。悪い判断ではないが、逃がす気などない。やめてくれと、そう言おうとしたのだろうか。ちいさく息を呑んだ綾瀬に構わず、狩納は無造作に右足を振るった。

「ぎゃ…」

重さを伴った革靴が、加減なく柿谷の腹にめり込む。

骨に響く鈍い音と共に、男の体が吹き飛んだ。

柿谷が胃の中身をぶちまけずにすんだのは、染矢にとっては幸いだっただろう。綾瀬を庇ったせいか、予想よりも軽くなった手応えに、口のなかで舌打ちをする。失神することもできずのたうち回る男を、狩納は爪先で蹴り上げた。

「金貸してやった上に、自己破産の面倒まで見てやったんだぜ。その礼が刃傷沙汰《にんじょうざた》か」

見下ろした狩納の双眸が、刃物よりも冷たく光を弾く。呻いた柿谷が、涎《よだれ》を垂れ流すまま床をのたうった。

柿谷が疑う通り、狩納は元妻の所在を知っていた。

その女が慰謝料以外に持って出た、隠し口座についてもだ。だがそれを、眼の前の男に教えてやる義理はない。這って逃げようとする柿谷を踏みつけ、狩納は胸の隠しから携帯電話を取り出した。

「元嫁の居所より、手前ェの心配をしたらどうだ。こんだけ派手に暴れたんだ。とっくに覚悟の上か？」

力の限り蹴り砕いてやりたい衝動を、紙一重で堪える。支えた背中から、綾瀬の体のふるえが掌に伝わった。

「保証人立てずに江本《えもと》んところから金借りたんだろ？　手前ェの申し立てが同廃になったって知ったら、面倒なんじゃねえのか」

踏み潰されでもしたように、ぎゃ、と柿谷が呻く。その前に、と言葉を続け、狩納は転がる刃物を蹴り退けた。

「その前に、俺の事務所で次の返済計画を立てて行け。ここと俺に払う迷惑料を、貸しつけてやる」

口元を歪めて覗き込むと、今度こそ柿谷が叫びを上げる。

構わず、狩納は電話の向こうに指示を投げた。待つまでもなく、事務所の者が柿谷の身柄を引き取りに来るだろう。端末を隠しに戻し、狩納はそっと綾瀬の体を受付に寄りかからせた。

「すまねえ。大丈夫か」

何故こんな言葉しか、出てこないのか。

叫ぶ声は確かにあったのに、実際音にできたのはそれだけだ。覗き込む狩納に、綾瀬が青褪《あおざ》めた顔で首を横に振る。

「俺は、なんとも…。染矢先生は……」

刃物を持った男に、取りついたのだ。その上その切っ先が、鼻先を掠めそうにもなった。そんな目に遭《あ》い、綾瀬のような少年が怯えていないわけがない。思わず込み上げそうになった声を呑み、狩納は染矢を振り返った。

「大丈夫ですか、先生」

ふらつきながらも立ち上がった染矢に気づき、綾瀬が慌てて駆け寄ろうとする。苦しげに咳《せ》き込み、染矢が悔しそうに顔を歪ませた。

「…来てたのか、北。だったらもっと早く手を貸さんか」

助かったと、そんな言葉を口にする気はないらしい。だが怪我《けが》はないかと、心底から綾瀬を気遣った染矢に、狩納は舌打ちを堪えた。

「言われなくても分かってる」

誰かさんが得意の演説で、話を収めるかと思ったんでな。

そう皮肉で応えようにも、悔恨の苦さが舌を焼く。事実もっと早く割って入っていれば、綾瀬を怯えさせずにすんだのだ。

治まりようのない怒りが肺を舐め、狩納ははっと右手側に眼を向けた。

足を引き摺った柿谷が、呻きながら体を起こそうとしている。いつの間に引き寄せたのか、その両腕には陶製の花瓶が握られていた。

「…っ」

「死ねッ」

振り翳された花瓶から、水と百合とがこぼれ落ちる。だが花瓶が狙ったその先に立つのは、狩納ではない。まだふらつく染矢の頭上に、重い花瓶の影が過った。

「綾瀬！」

染矢の隣に立つ、少年の名を叫ぶ。逃げろ。否。動かないでくれ。瞬時に巡った思考を裏切り、柿谷を振り仰いだ目が見開かれる。

その先の動きを、綾瀬は迷わなかった。染矢を庇おうと、大きく身を乗り出す。

　やめろ。怒鳴ったつもりが、声にならない。振り下ろされた花瓶が、琥珀色の瞳に迫る。跳ねた飛《し》沫《ぶき》が頬を打ち、陶器が上げる悲鳴が廊下に響いた。


「…そうか。江本の件は放っておけ。こっちの始末がつけばそれでいい」

　電話口で頷き、腕の時計に眼を落とす。

　先刻車窓から見た空は、すでに深い夜のなかにあった。

「…分かった。なにかあれば、連絡しろ」
　二、三の指示を投げて、通話を切る。携帯端末を手に居間の入り口をくぐろうとして、狩納は思わず足を止めた。
　見慣れたはずのソファに、なにかが落ちている。白いシャツを身に着けた、薄い体だ。

　やわらかな革が張られたソファは、狩納が楽に横たわれるほどに大きい。その端にひっそりと、小柄な体があった。

　綾瀬と、呼びかけようとして声を呑み込む。

　狩納たちがこのマンションへ帰り着いたのは、ほんの数十分前のことだ。染矢の事務所もすでに明かりが落とされ、何事もなかったかのように静まり返っているだろう。

胸の悪さが蘇り、知らず奥歯が軋みを上げた。

振り翳された花瓶の白さが、眼に焼きついている。白々しい光を弾いた、刃物もそうだ。

あんなものが一瞬でも綾瀬に向けられていたのかと思うと、ぞっとした。これが自分自身の身に起きたことならば、感慨などない。だが指先から力が失せ、足元が崩れ去るような感覚を狩納は確かに味わった。恐怖だ。

蹴り伏せられた柿谷は、それさえ味わう間もなかっただろう。

男が振り上げた花瓶の下に、綾瀬は躊躇なく身を乗り出した。染矢を庇いたい一心だったのだろうが、だからといって許せるものか。灰色の影が綾瀬を覆うより早く、狩納は柿谷の襟首を摑んで薙《な》ぎ倒した。

花瓶が割れ、水と花とが飛び散ったが知ったことか。

悲鳴を上げる間さえ与えず、今度は一片の容赦《ようしゃ》もなく男を蹴り上げた。振り回され、床に叩きつけられた時点で、柿谷にほとんど意識はなかったかもしれない。それでも体が浮き上がるほど蹴りつけた狩納を、止めたのはやはり綾瀬だった。

あんな形相の狩納にしがみつくのは、切っ先に身を投げ出すより勇気が必要だったかもしれない。

ぐったりと床に落ちた柿谷を連れ出したのは、駆けつけた狩納の部下たちだ。

「……ん…」

薄い唇からこぼれた声に、自分が息を詰めていたことに気づかされる。がりがりと頭を掻くと、綾瀬がぎこちない仕種で瞼を持ち上げた。

「狩納、さん…？」

どこか現実味のない声で、綾瀬が呼ぶ。

何日か前までは、当たり前のようにここにあった響きだ。それをひどく久しぶりに聞いた気がして、狩納は唇を歪めた。

「大丈夫か？」

できる限り、穏やかな声を作る。

あんなことがあったのだ。怯えているし、疲れてもいるだろう。

「無理をするな」

起き上がろうと身動ぐ綾瀬を、大きな掌で制する。

警察を呼ぼうと、そう言い出す者は一人もいなかった。

柿谷が連れ出された先は、階下にある狩納の事務所だ。どんな理由であれ、柿谷は綾瀬に刃物を向けた。支払うべき代償《だいしょう》は少なくない。今頃じっくりと、久芳から今後の返済について教えられているだろう。

「寝るならベッドの方がいいな。動けそうか？」

ソファに膝をつき、薄い肩に手を伸ばす。目元をこすった綾瀬が、ふらつきながらも体を持ち上げようとした。

「すみません…。あの…、明日は…」

意識はまだ、半ば眠りのなかにあるのだろう。どうにか体を支えた綾瀬が、掠れた声で狩納を振り仰いだ。

「どうした」

「明日は…、何時に出る予定ですか？」

階下にある事務所へは、大抵似たような時間に出勤する。その時刻を確認するための問いとは思えず、狩納はわずかに眉根を寄せた。

「事務所へか？」

「染矢先生の事務所へ、狩納さんも行かれるんですよね？」

「染矢？　…ああ、荷物か」

不機嫌さを隠さず唸ったが、同時に合点する。

騒ぎの後、綾瀬を連れて帰ると言っても染矢は反対しなかった。しかし直接事務所から戻ったため、綾瀬が持ち帰れたのは少量の私物だけだ。

残してきた着替えや学用品は、明日誰かに取りに行かせる。そう応えようとした狩納に、綾瀬が視線を揺らした。

「荷物もそうですが、できれば…八時までに送っていただけると、助かるんですが…」

声に含まれた機微に、綾瀬の顎に手をかける。押し上げると、嫌な力が肩口に籠った。

「まさかお前、まだ顔出す気でいやがるのか」

それは怒鳴り声と大差がない。

なんのために、と尋ねる必要はなかった。綾瀬はまだ、あそこで働く気でいるのだ。確かに約束の期日は残っていたが、そんなもの狩納にはどうでもよかった。

「当たり前じゃないですか」

吠えた狩納に、真剣な声が返る。当惑を含まない響きに、思わず呆気に取られそうになった。だが驚きに口を開くよりも、眦が吊り上がる方が早い。

「どこが当たり前だ！　あんなことがあったのに働きてえって言うのか、あいつの所で」

あんなにも、ふるえていたではないか。

大きくなった男の声に、綾瀬の肩がびくりと竦む。気づくと同時に舌打ちがもれそうになったが、綾瀬は狩納を見上げたまま唇を引き結んだだけだった。

媚《こ》びを含まない目が、真っ直ぐに狩納を見上げる。

大の男でさえも、視線がかち合うことを恐れる眼光だ。それを酷く真剣な目が、逸らすことなく見返していた。

「すごいことだと、思います。暴力を振るわれている奥さんを、助けてあげるだなんて。狩納さんも、力を貸してあげてたんですよね…？　あ、あんなことになって…本当に驚きましたが、でも、仕事に打ち込めばこそ起こることだし…」

あんなこと、と口にして、やはり綾瀬が肩をふるわせる。

染矢も狩納も、虐待の被害者である妻を助けることが目的だったわけではない。ただ利用しやすい、駒《こま》を見つけただけのことだ。

そもそも資産隠しに目を瞑《つむ》るのが、真っ当な弁護士の仕事か。言ってしまえば、染矢は隠し口座に眼をつけた狩納の片棒を担いだにすぎない。狩納から金を借り逃げようとした男を、弁護士の肩書きを利用して出し抜いただけだ。

自分たちに、非があるとは思わない。だが綾瀬が口にするほど、親切とも言えなかった。

「そんな話じゃねえ。ここに戻るより、あいつの所の方がいいのか」

こんな言い種は、阿呆のすることだ。分かっていながら、狩納はぎ、と歯を剝いた。

違う言葉を告げたいと願っても、不安は常に腹のなかにある。

そもそも楽観しろと言う方が無理な話だ。

このマンションで暮らしているのは、綾瀬自身の意志でもある。しかしどういう経緯で生活が始まったかを考えると、安穏としていられる理由がなかった。いつ何時綾瀬が正気に戻り、自分の間違いに気づくかもしれないのだ。

尤も撤回《てっかい》を望んだとしても、そんなものに応じてやる気などない。その確信と同じくらい、いつか綾瀬は正気づくと、それを疑うことのない自分がいるのだ。

「いいとか、そんなんじゃ…」

「居心地がよかったわけでもねえんだろ？　なのにあいつの所に行きてえ理由はなんだ」

綾瀬の指に残る絆創膏を、視線で辿る。

狩納の仕事場にいる限り、綾瀬に小言をもらす者など一人もいない。それどころか客にも向けない熱心さで、久芳も綾瀬を支え助けるだろう。なのに何故、遠慮のない口を利く男の元で働くことを望むのか。

批難を込めた狩納の問いに、綾瀬の目元がくしゃりと歪んだ。

「約束、したんです。週末まで、働かせてもらうって。…今日の仕事だって、まだ途中で残してきたままだし…」

細くなった綾瀬の語尾に、舌打ちを重ねる。

「構うか。そんなこと」

「か、構いますよ…！」

首を振り立てた綾瀬が、声を上擦らせた。

意を決した声だ。

綾瀬は穏やかな少年だが、時として驚くほどの頑固さを見せる。今夜もそれを、嫌というほど教えられた。一度気持ちを決めてしまえば、自身の安全さえ省みない。柿谷に刺され、あるいは狩納の怒りを招くと分かっていても、保身など考えもしないのだ。

「構い、ますよ……」

自分が上げた声の大きさに、驚いたのだろう。

はっと瞳を揺らした綾瀬が、消え入りそうな声でもう一度呟いた。

「仕事だからか？」

舌打ちを混ぜたそうに呻いた狩納に、綾瀬が薄い唇を嚙み締める。

「…勿論、それも、ありますが…。染矢先生が俺の働きに、期待…されてないのは、知ってます」

はっきりと言葉にされ、狩納はぐっと眉を持ち上げた。

「ジジイがそう言いやがったのか」

アルバイトが必要だと言う染矢の言葉は、どこまでも疑わしい。実際労働力として、綾瀬に過度な期待をしているとは思えなかった。だがそれをありのまま、忌憚《きたん》ない舌が綾瀬に告げたのか。低くなった男の声音に、綾瀬が慌てて首を横に振る。

「まさか…！　でも俺、専門知識はないし、事務所の他の方たちみたいに早く、仕事もできないし…。迷惑をかけることの方が、多いのは、十分に分かってます」

男の手のなかで言葉を手繰《たぐ》り寄せ、綾瀬がでも、と息を啜《すす》り上げた。

「でも、そんな俺を、染矢先生が事務所に置いて下さってるのは、俺が…狩納さんのお世話になってるから、です」

揺るぎない確信を含んだ響きに、今度こそ狩納が眉間を歪める。

何故、綾瀬が染矢の元に連れて行かれたのか。

その理由を、綾瀬は理解していたのだ。

狩納が手元に、どんな少年を置いているのか。言ってしまえば、とばっちりだ。

もの、綾瀬には嫌悪する権利があった。心外だと反発し、染矢の元に行くことを拒んでもよかったのだ。少なくとも狩納に恨み言をもらし、面倒事に巻き込むなと詰っても不思議はなかった。

だが綾瀬は、染矢に従った。

自分を好意的に受け入れるとは限らない男の元に、文句も言わず身を寄せた。それは全て、綾瀬自身のためではない。

「俺に、期待してなくっても、染矢先生は狩納さんを信頼、していらっしゃるんです。…染矢先生に、これ以上は必要ないって言われたら、それは、仕方ないですが…でも、そうじゃないんなら、週末まで仕事だけでも行かせて下さい」

約束通り。そう繰り返した綾瀬を、狩納はまじまじと見下ろした。

琥珀色の目が、逸らすことなく自分を映す。軋るような唸りをもらす代わりに、狩納はくしゃりと手のなかの髪を掻き混ぜた。

「なんだそいつは」

押し出した声が、掠れる。吐き捨てた響きに、大粒の瞳が揺れた。ごめんなさい、と唇が動く前に、ちいさな頭を力任せに引き寄せる。

「狩…」

「余計な気ぃ遣いやがって」

その余計な気を遣わせたのは、紛れもなく狩納自身だ。

最後までせめて働きたいと口にするのも、やはり狩納のためでしかない。その上で、全ては狩納の面目を保つためだと、自分を詰ることもしなかった。

ふらつき、ぶつかった体を深く胸に引き寄せる。驚く綾瀬の肩口に、狩納は強く鼻面を擦りつけた。

「……なに笑ってやがる」

鼻梁《びりょう》を押し当てた首筋が、ちいさくふるえる。身動ぎ、逃げようとするのか。眉根を歪めて深く屈み、狩納が唸る。覗き込んだ綾瀬の唇は、予想していないやわらかさで綻んでいた。

笑っていると、そんな自覚はなかったのだろう。

目を瞠り、綾瀬が驚いたように自身の唇に触れた。

「…すみません、俺、…偉そうなこと言っちゃったなと、思って」

「なにがだ」

偉そう、などという言葉は、あまりにも綾瀬に似つかわしくない。訝しんだ男に、綾瀬が長い睫を伏せた。

「事務所で、あの男の人に……」

ぐっと、胸の奥に鮮明な熱が過る。

怒りが再び胸を舐め、狩納は痩せた背中を引き寄せた。

「言わなきゃ、分かるはずないって。分かってくれて当然だとか…そんなじゃなくて、ちゃんと、話すべきだって…」

それは確かに、先刻綾瀬が叫んだ言葉だ。

心臓の間近が、苦く軋む。綾瀬が訴えた全ては、柿谷が犯した罪ではない。

狩納と暮らすマンションではなく、綾瀬が染矢の元に戻りたがるのには理由がある。自分が選ばれると、そう楽観できないことにもまた、理由がある。それは誰より、狩納自身がよく知っていることだ。

綾瀬が、言った通りだ。

告げるべき言葉は、たくさんあった。だがそのどれ一つ、自分はこの瞬間さえ口にできていない。

咽頭の奥に苦さが込み上げ、狩納は舌先で自らの唇を舐めた。

「綾……」

「俺もちゃんと言わなきゃって、思いました」

細い声が、肩口に落ちる。驚き、覗き込もうとした狩納のシャツを、白い手が握り締めていた。

「なにを…」

「染矢先生の所に、狩納さんが来てくれるの、すごく嬉《うれ》しかったんです」

声にした綾瀬が、ちいさく笑う。だが泣き顔めいたその目の色に、狩納は短く息を詰めた。

「勿論、染矢先生に用事があってのことなのは、分かってますし…、事務所で、そ、その……、へ、変なことされるのは、困りましたけど、……でも、気にかけてもらえて、嬉しかったです」

詰まりながらも、綾瀬が一息に声にする。見下ろす項が、赤い。羞恥のせいだけでなく、抱き込んだ肩がふるえを堪えて強張った。

「それなのに俺、お礼を言うどころか、一人でも大丈夫だなんて……」

掠れた声に、唇を噛んだのは狩納の方だ。

染矢の事務所で、綾瀬がどんな思いをしていたのか。平気だと笑って見せられたところで、そんなものを信じる気もなかったくせに。愚痴《ぐち》さえこぼさない様子に、健気ではあるが可愛気がないと、身勝手に憤《いきどお》りさえした。

狩納が事務所を訪れたのも、言ってしまえば綾瀬のためではない。足を運ばずには、いられなかった。ただそれだけのことだ。

その上での、今夜の騒ぎだ。強く奥歯を噛んだ狩納の腕のなかで、綾瀬が身動ぐ。放すまいとして覗き込むと、琥珀色の瞳が自分を見ていた。

「すみ……」

すみません、と口にしようとしたのだろうか。言葉を途切れさせた綾瀬が、青褪めた瞼を伏せる。だがやわらかな色の瞳が隠れたのは、一瞬のことだ。もう一度瞼が持ち上げられ、そして真っ直ぐな視線が狩納を捉えた。

「ありがとうございました」

会いに来てくれて。

少し掠れた声が、それでもはっきりと告げる。

嬉しかったと。

なにに紛れることもなく、言葉は確かに狩納の耳に届いた。だがその意味を、正しく理解できてい

ると は思えない。差し出されたそれは、あまりにも都合がよすぎた。

「…俺が頼りないから、狩納さんにたくさん心配かけて…。…大丈夫だなんて言っておきながら、今日だって、狩納さんが来てくれたから、俺は……」

際限なくこぼれる声を、二本の腕の力で塞ぎ止める。軋むほどに抱き寄せると、接した胸が驚きに跳ねた。

「狩…」

「悪かった」

吐き出した声に、もう一度痩身が跳ねる。逃げるための動きではないと知りながら、腕の力をゆるめることはできなかった。

「どうせなんにもできやしねえなんて…、染矢んとこに戻るだけ無駄だなんて、…ひでぇこと言って…すまなかった」

告げるべき言葉は、数限りなくある。

朝目覚めて、なにを思ったか。一人きりの食事が、どれほど味気なかったか。愚痴くらいもらせと腹を立てるのではなく、辛いことがあるなら話してくれと、そう切り出すべきだった。

綾瀬が責めたのは、自分自身の傲慢《ごうまん》さのつもりだったのかもしれない。だがその罪はやはり、より深く狩納の内側にあった。

「お前がここにいてくれて、嬉しい」

くぐもった声は、唸りに近い。薄い肩口に額を擦りつけ、狩納は両の眼を閉じた。

「お前がいねえ間、俺は……」

絞り出す息が、綾瀬の肩口でその体温に混ざる。深く吸い込み、そして吐き出そうとした響きに、穏やかなぬくもりが添った。

伸ばされた手が、そっと狩納の頰に触れる。促すというより、確かめるあたたかさだ。器用とは呼べないその仕種に、同じような不器用さで口元が歪んだ。

「俺は…」

吐露《とろ》する言葉を、唇が追い越す。引き込まれるように唇を寄せても、綾瀬は顔を背《そむ》けはしなかった。

これもきっと、甘えだ。分かっていたが、教え合うために口を開く。

眼を閉じる間さえ惜しみ、やわらかな唇に口を重ねた。


肋骨《ろっこつ》の形が、ぴったりと手のなかに収まる。

なめらかな肌の感触を、狩納は掌を広げて味わった。

覆い被さった胸板の下、向かい合う形で抱いた体が身動ぐ。狩納の手で、裸に剥いた体だ。寝室に促し、シャツをたくし上げても綾瀬は首を横に振らなかった。

振れなかっただけかもしれない。

その疑念は、いつだって狩納の胸にある。いまだ綾瀬を縛るのは、億単位に上る借財だ。たとえそれがなかったとしても、綾瀬が狩納のような男を拒めるとは思えない。

分かっていても、この腕を解く選択肢はなかった。深く背中を屈めて、耳のつけ根に唇を当てる。薄く形のよい耳殻が、今はほんのりと熱を持っていた。唇で挟んで、いつもとは違う体温を確かめる。歯を立てずに吸うと肩を竦め、綾瀬が薄い背を反らせた。

「…ぁ…」

声と呼ぶには微かなその音も、鼻先や唇がこすれ合う距離が全てを伝える。きつく閉じられた瞼の形を見下ろし、狩納は右手の指を揺らした。

「あ…ぁ…」

怯えたように引きつる声に、首筋の熱が増す。急くような気持ちを嚙み、狩納は慎重にぬれた指を動かした。

ずっぷりと、無骨な指が狭い尻穴に埋まっている。

痩軀を覆うように伸しかかり、狩納は右手で肉づきの薄い尻を割った。節の高い指を動かすたび、ぬれた粘膜が粘つく音を立てる。

「……んぁ……」

二本の指で尻穴を探りながら、狩納は左の掌を丸く動かした。人差し指のつけ根が、鳥肌を浮かべた乳輪をこする。ちいさく、そして色の薄い場所をさすると、指を含ませた穴が応えるように締まった。

「気持ちいいのか」

首筋に口を寄せたまま、低く囁く。尋ねるまでもない反応に、かわいそうなほど綾瀬の頬が赤味を増した。労わるように肌を吸い、すっかり勃《た》ち上がった乳首をつまむ。

「っ……、ん…」

捏ね回す穴から、ぷちゅりとあたためられたローションがこぼれた。水っぽくなった粘液があふれる感触に、綾瀬が身動ぐ。ぶる、と体の下で膝がふるえ、苦しそうな呻きが息に混ざった。

「教えてくれよ。すげえ、やわらけえぜ？」

請い、綾瀬にも分かるように埋めた指を曲げる。言葉通り、その肉は先日繋がった時よりもゆるみ、狩納の指をやわらかに締め上げた。

「この前ホテルで、したせいか？」

耳穴に舌を差し込むと、綾瀬が背を捩《よじ》って身悶える。そのたびに、整えられたシーツに皺が寄った。

シーツの色も、そこに転がる綾瀬も見慣れたもののはずだ。それなのに、覚えのない興奮が湧く。愚にもつかない、感慨だ。分かっているのに、あるべきものを取り戻した充足が肺を満たした。

苦い笑いを息に逃がし、押し込むように乳首をいじる。白い皮膚の上で、なめらかな乳首がきゅっと凝るのはいやらしい眺めだ。そのすぐ脇には、赤い吸い痕《あと》が散っている。

狩納が、残したものだ。所々濃い色を滲ませるそれを、狩納は中指の先でちろりと引っ掻いた。

「ん…」

喘いだ胸に散る痕は、一つきりではない。乳首の脇に、肋骨の隙間に、淡い窪みを作る腋に、鳩尾に、呆《あき》れるほど多くの痕が刻まれている。薄れ始めているものもあるにはあるが、大抵がまだ鮮やかな輪郭を残していた。

執着心を剝き出しにしたその数に、我ながら唇が歪む。

胸元も腿も酷い有り様だが、うつぶせにしても似たようなものだ。否、先日の体位からして、むしろ背中にはより鮮やかな歯形が、くっきりと浮いていた。口腔が渇くような感覚に、耐えられず肩先に前歯を食い込ませる。

「ぁ…っ」

桃でも囓るように、瑞々《みずみず》しい皮膚をかり、と搔いた。そのまま口を開き、ぬれた舌を当てて吸う。口腔粘膜を甘やかす感触は、どこまでも気持ちがいい。ちゅ、と音を立てて口を離すと、太い指を呑んだ穴がうねった。

「すげえ数」

もれた呻きに、綾瀬が逃げたそうに身動ぐ。濃い鬱血《うっけつ》を残す場所は、特に綾瀬が反応を示す場所だ。尖《とが》らせた舌先で鳩尾の端を突くと、思わずといった動きで下腹がへこんだ。

「…ふ…」

「数えてみたか？」

尻穴に埋めた指に薬指を添えると、ぎく、と綾瀬の腰が浮き上がる。犬のように伸ばした舌でそれを宥め、狩納は皺の伸びた入り口を指で圧した。

「…ぁ、そんな、こと……」

しません、と、応えたかったのだろう。引きつりながらも返そうとした綾瀬に、狩納は右手の親指を伸ばした。

「これだけついてると気になっただろ？　風呂入る時とか」

染矢の家でも。

耳元で唸り、突き出した親指で陰嚢のつけ根を探る。尻穴に指を突き入れていても、狩納の掌は易々《やすやす》と綾瀬の股間を覆った。

弱い場所の全てを一掴みにされ、綾瀬が恥ずかしそうに体を捻る。だが狩納が塗り込めたローションと綾瀬がこぼした体液とで、摑んだ場所はぐっしょりとぬれていた。

「あっ、あァ…」

張り詰めた陰嚢を、親指だけでぐりぐりと転がしてやる。動きを制限される親指に、いつもの器用さはない。それが却《かえ》って予測のつかない刺激になるのか、ぶる、と綾瀬の性器が先端までふるえを走らせた。

染矢と、そんな名前を持ち出したせいかもしれない。

湯を使うたび、そして着替えるたび、白い肌に浮く鬱血は嫌でも綾瀬の目に入ったはずだ。しっかりとシャツの釦を閉じスーツを身に着けていても、その下に隠された痕跡は消え失せない。慣れない他人の家でその事実を突きつけられるたび、綾瀬がどんな表情を浮かべていたのか。今と同じように、きつく眉根を寄せる容貌を思い描き、狩納は中指で綾瀬を脆くする器官を探った。

「……ッ、ひ、ァ…」

「誰にも、見つからなかったのか？」

ぬるりと乳首を舐め上げて、三本目の指を尻穴に添わせる。

十分ぬらしているとは言え、狭い場所にはすぎた負担だ。懸命に首を縦に振った綾瀬が、呻きながら踵でシーツを掻く。

「確かに、ンなもん見せられたら、それで終《しま》いってわけにいかねえよな」

もれそうになった舌打ちを噛み、狩納は体を摺り下げた。腿の脇に放っていたボトルを拾い、左手だけで栓を開く。新しいローションは封を切ったばかりだと言うのに、気がつけばもう半ばほどまで減っていた。とろりとした中身を、指を突き入れた場所に高い位置から垂らしてやる。

「あッ」

火照《ほて》った肉には、常温の液体さえ冷たく感じるのだろう。ぴちゃぴちゃと音を立てたそれを、熱を移すよう三本の指で掻き混ぜた。

「俺以外とはヤってねえってことだろ」

声に出して、問う必要もないことだ。狩納以外の誰かに触れられていれば、服を脱がすまでもなく分かるだろう。もう汗ともローションとも分からない液体でぬれる綾瀬の腰骨に、狩納はわざと音を立てて口吻《くちづ》けを落とした。

「寂しかったんじゃねえのか。ホテルでヤったきりじゃ」

上目に、見る。

視線が合うことなど、期待していなかった。

口元が歪んだのは、舌打ちを呑んだからに他ならない。拗《す》ねたような声を誤魔化したつもりで、狩納は自分を映す琥珀色の目に動きを止めた。

「……な、意味じゃ…」

辛《かろ》うじて狩納を見返した瞳が、歪む。訴える響きに、狩納は思わず眉間を寄せた。

「あ？」

「…そんな、意味で、寂し……たんじゃ……」

そんな意味ではなく、なんなのだ。

喘ぎながらも否定した綾瀬に、不意に腹を撲たれたような衝撃を覚える。たどたどしくもれた言葉は、まともな思考に裏づけられているかどうかも疑わしい。それにも拘わらず、狩納はボトルを放ると薄い腰を引き寄せていた。

「…っ、あ…」

「寂しかった、のか」

唸るように掠れた声が、愚かしい。

だが声にできた音は、それだけだ。口にしてしまえば疑り深く、上擦るような響きになった。

深く屈み込んだ双眸の先で、ぬれた瞳が瞬く。こんな眼光で見据えられるとは、思っていなかったのだろう。呆気に取られるように見上げた綾瀬が、次の瞬間これ以上なく顔を赤くした。

「……違ッ」

違うと、もう一度否定しようとした綾瀬の尻から、急くように指を引き抜く。

ぬるくなったローションがしたたり、シーツどころか互いの肌にまでしずくが飛んだ。

「ぁう…」

羞恥に喘ぐ顔を見下ろし、汚れた手で腿を割る。親指の腹を尻穴に添えると、粘膜がふやけたように吸いついた。

「綾瀬」

喉が鳴ったのは、興奮のせいだけではない。

こんな瞬間に、こんな声で誰かを呼ぶなど、綾瀬に出会うまで想像だにしなかったことだ。

なんの手管もない、痩せた子供だ。分かっているのに、口腔が渇く。

「ん、あ…、狩……」

自分を呼ぶ声をもっと聞いていたいと願いながら、狩納はぬるんだ尻穴に陰茎を擦りつけた。自分の手で扱《しご》き上げる必要もなく、それは十分に勃起している。大きく張り出した先端で、ぬる、と馴染ませるように穴を撫でた。

腰を高く引き上げているせいで、綾瀬の目にも同じ光景が映っているはずだ。下目に見ると、見開かれた綾瀬の双眸が瞬きもできず、股座《またぐら》の肉の色を注視していた。

に、と唇の端が歪む。

自嘲でもなければ、揶揄でもない。労わるように腿を撫で、狩納はゆっくりと狭い穴に押し入った。

「……あ…、あぁ…」

真下からもれる声が、ぬれる。どうしようもない響きに、背中に鳥肌が立った。

こんな高揚は、他にない。

きつい肉に圧迫され、首の後ろを汗が流れる。

よく知った、体だ。つい先日も抱いた。だが飽きる、などと言うことを考えたこともない。

脹ら脛を押さえ込んだ指に、力が籠りそうになるのを堪える。乱暴に扱えば、脂肪の薄い体には簡単に痕が残った。指を食い込ませる代わりに、口を開いて息ごと歯を擦りつける。

「綾瀬」

やめてやることなど、思いつきもしない。

ひっきりなしにこぼれる声を聞きながら、ぎゅうぎゅうと締めつけてくる穴に腰を落とす。

重量感のある肉が沈み込む感覚が苦しいのか、綾瀬が喉を反らせて悶えた。眉根はきつく寄せられているくせに、覗き込む股間は萎《な》えもせず張り詰めている。その健気さを笑い、狩納は心地好い圧迫に逆らって腰を揺らした。

「っぁ、んあ…、ア…」

ごり、と、張り出した肉がなにかを引っかける感触がある。正確には、押し潰しただけかもしれない。指でいじってやった場所を陰茎が抉ると、かわいそうなほど綾瀬の手足が強張った。

「あァ…ッ」

尖った声が消える前に、腰を押し込む。ぺちんと愛らしい音を立て、潤んだ性器が白い腹に当たった。掌で包み締め上げてやる代わりに、体を屈めて尻穴を突き上げる。

「…ひ、待っ…ぁ…っ」

いやだ、と泣き声混じりに訴えられても、そんなもの興奮を煽るだけだ。

十分すぎるほどローションを注いだ直腸はあたたかくぬるみ、深い場所まで陰茎を呑み込む。それが怖いのか、綾瀬が寝台を摺り上がろうと喘いだ。

「狩…」

突き上げながら伸しかかり、べろりと頬を舐め上げる。引きつる声をこぼす口元は、もう涙と涎とでぐちゃぐちゃだ。やさしい曲線を描く顎に歯を当てると、重なった下腹に綾瀬の陰茎がこすれた。

「…んぁ…っ」

「俺も、だ」

くぐもった声が、唇を越える。

荒い息に紛れようと、近すぎる距離では隠しようがない。隠す気も、なかった。

吐き出した声と息とに、見下ろす瞳が瞬く。

涙の膜に覆われた目は、こんな熱の最中でさえ濁ることがない。ぐぷ、と粘ついた音を立て、ぬれた肉が陰茎を食い締めた。脊髄《せきずい》を炙《あぶ》られるような心地好さに笑い、腰骨が当たるまで深く突き入れる。

「ぃ、っ…、ァあ……」

「お前が、いなくて」

注いだ声に、ぶる、と白い肩が鳥肌を浮かべる。

同じふるえが、狩納の腰骨を擽った。

痛むほどきつく締め上げられ、眼球の奥で光が散る。息が詰まるほどの締めつけと下腹に飛んだ飛沫とで、綾瀬が射精したことを知った。

「ッ…」

引き絞られる心地好さに眉根を寄せ、休む間も与えず腰を揺する。陰茎を引き出すと、張り出した肉がごりごりと敏感な器官を掻き上げた。

「…ひァ、あ…っ」

圧倒的な体積に掻き回され、ふるえ続ける綾瀬の性器から精液があふれる。どろつくそれを手探りして、のたうつ脇腹に塗りつけた。

「雪弥」

あぁ、と辛そうに仰け反った胸に、深く押し入りながら覆い被さる。重なった胸郭から、喘ぐ肺と鼓動とが直接伝わった。そうでなくても繋がっているのだ。擦り寄せた鼻面に、混ざり合う汗と精液、そして肌の匂いとが触れる。

「ここに、いろ」

命じる言葉を裏切るのは、狩納自身の声音だ。

喉に絡んだ響きに、歯軋りが混ざる。

苦しげな瞬きを繰り返す綾瀬には、もう自分の声が届いているとは思えない。聞こえていなくても、それでよかった。強く眉間を歪め、ぐ、と陰嚢が当たるほど深く腰を擦りつける。

「ここに…」

喘ぐ唇に、繰り返し注いだ。口を重ねようとした狩納の肘に、ちいさな痛みが食い込む。

細い、指だ。

苦痛を訴えるものではないその力に、ぎくりとする。驚く狩納の双眸を、ぬれた瞳が見返した。

「…ぁ、俺…」

薄く開かれた唇が、どんな言葉を告げようとしていたのか。耳を寄せて確かめる必要はなかった。

ふるえる指先が、汗の浮いた肩に縋る。たったそれだけで、快感と同種のなにかが肺を蹴った。

「狩納、さ……」

押し潰すように重なった腹の間で、萎えたはずの綾瀬の性器がひくつく。自分を包む粘膜のきつさからもそれを知り、狩納は唇の端を引き上げた。綾瀬が好む場所を狙って先端を押し当てると、あ、と切迫した声がもれる。

甘い、声だ。追いかけて、深く舌を突き出す。

「…っあッ、あ…」

差し込んだ舌に声の振動を感じ、ぶる、と体ごと陰茎がふるえた。平らな腹が綾瀬の皮膚に当たり、ぬれた音を立てる。

体を揺するたび、滑りそうになる指先が硬い腕を摑んだ。絞り上げられる粘膜の心地好さに任せ、息を詰めて腰を打ちつける。

「ッぁ…」

もれる声を唇で堰《せ》き止めて、狩納はあたたかな直腸に全てを吐き出した。

単純な動作であるはずなのに、痺れるような快感が眼の奥を叩く。反り返る胸を圧し、狩納はわずかな距離さえ詰めるように互いの体を擦りつけた。

「あ、あぁ…」

名前を呼ぶ代わりに、舌を差し伸ばす。

「どこにも、行くな」

荒いだ息も声も隠すことなく、狩納はやわらかな口腔に注いだ。

真新しい封筒を、机に置く。顎で示すと、染矢がちいさく眉を引き上げた。

「柿谷の嫁から、残金が入った」

柿谷の名前を挙げても、眼の前の男は動揺一つ覗かせない。二日前、事務所の入り口で男が刃物を振り回したにも拘わらず、染矢がそれを気に病む様子はなかった。窮地《きゅうち》に陥った人間など、見慣れてしまっているのだろう。

「柿谷の始末もついたんでな。その礼だ」

封筒に納められているのは、幾らかの現金だ。艶やかな机に尻を引っかけ、狩納はそれを染矢へと押し遣った。

窓を飾るカーテンの隙間から、暗い空の色が覗いている。すでに営業時間を終えた染矢の所長室には、微かにコーヒーの香りが漂っていた。

「綾瀬君が随分感心していたぞ。北は困ってる女性を助けるやさしい男だってな」

「実際助けてやったじゃねえか」

やさしい、と当てこすられ、狩納が悪びれもせず頷く。

綾瀬が賞賛した通り、自分が柿谷の妻に手を貸してやったのは事実だった。ただその代償に、少なくはない現金を受け取っただけのことだ。

柿谷の隠し口座に十分な現金があることは、早い時期から把握できていた。全部吐き出す覚悟があれば、詐欺《さぎ》同然の融資を受けることも、自己破産をする必要もなかっただろう。柿谷は自己破産を果たし、妻は現金を持ってその元から逃れた。狩納も自社の貸しつけを回収できたものの、しかしそれだけではあまりにも割りには合わない。最初から狩納の目的は、隠し口座にある現金だけだったのだ。親切心から妻を逃がしてやる義理も、その後の生活についても興味などまるでなかった。

「綾瀬君は私のことも褒めていたぞ？　人助けができる尊い仕事だそうだ。……大丈夫なのか、あの子は」

あの少年がどんなふうに目を輝かせ、その言葉を口にしたのか。思い巡らせるまでもなく眼に浮かび、狩納はちいさく舌打ちをもらした。

「悪かったたな。人権派扱いされるなんて、悪徳弁護士にはさぞ辛ぇことだろう」

「ま、悪徳金融屋と生活を共にするには、あのくらいずれてる方がいいのかもしれん」

鷹揚に頷かれ、剣呑な光が眼に灯る。忌々しさに睨《にら》むと、染矢が形のよい眉を吊り上げた。

「そういう相手が、お前は好きなんだろう？」

黙れと唸ろうとした狩納を、嘆息を混ぜた声が遮る。

「ところで北。柿谷の件で、綾瀬君を危ない目に遭わせたことは反省している。だがもう一回、あの子を私に預ける気はないか？」

「あァ？」

申し出の唐突さに、狩納は思わず所長室の扉に眼を遣った。扉の向こう、廊下を隔てた事務所には、今も綾瀬の姿があるはずだ。

狩納のマンションへ戻った後も、綾瀬はまだこの事務所に通っている。授業がある日は数時間だけだが、それでも約束の週末までアルバイトを続けることを狩納が許したのだ。

「綾瀬が世話になった間の金なら、そいつに入れてあるぜ」

「あの子の生活費なんか必要ない。そもそもここに残せと言ってるのは、あの子を働かせて生活費を回収するためじゃあないぞ」

住み込みで綾瀬が欲しいと言ったのは、染矢だ。綾瀬を自宅に置く間の生活費くらい、染矢が面倒を見るのは当然だろう。だが借りを作るのは不本意で、謝礼と呼ぶには多い現金を狩納は封筒に包んだ。

「大体ここでのアルバイト代も、ちゃんと払う。受け取りはお前と綾瀬君、どちらがいい」

「俺で構わねえ。それよりまだあいつをいびり足りねえってか」

直接綾瀬に渡せばいいかと、そう尋ねないだけ染矢は話が早い。平然と応えた狩納に、染矢が嫌そうに顔を歪める。

「いびるとは失敬な。お前がどんな子を気に入ったのか、知りたいと思うのは当たり前のことだろ。

身辺調査もしてはみたが、自分の目で見た方が確実だ」

お蔭でよくよく理解できた、と腕を組んだ男に、狩納は双眸を険しくした。

「どうせそんな魂胆《こんたん》だろうとは思ったぜ。バイトが長期休暇だの入院だの嘘並べやがって。手前ェあいつに余計なこと吹き込んじゃいねえだろうな」

吐き捨てた声音に、控え目な合図が重なる。声を返した染矢に応え、そっと所長室の扉が開かれた。

「失礼します。先程木村《きむら》先生がお帰りになられました。こちらはお預かりした書類です。なにか他にできることはありますか？」

体ごと向き直った視線の先に、ほっそりとした影が落ちる。

肌触りのよいシャツを身に着けた綾瀬は、いかにも生真面目そうだ。狩納の姿を認め、琥珀色の目が滲むように笑みを浮かべた。

「いや、綾瀬君もそろそろ帰る準備をするといい。今は丁度、君の話をしていてな」

頷いた染矢が、綾瀬が持参した書類を受け取る。

「俺の、ですか？」

またなにか、失敗をしてしまっただろうか。ただでさえ大きな目を瞠った綾瀬に、狩納が短い息を吐き捨てた。

「年寄りの寝言だ」

気にするなと、そう続けようとした狩納を染矢が遮る。

「週が明けてからも、うちに来てもらえないかと思ってな。事務所もそうだが、自宅に顔を出してもらえると助かる。君が北の所に戻ってから、なにかと不便でいかん」

真顔でもらした男を、狩納は眉根を寄せて振り返った。一体、なんの話をしているのか。ぐっと眉間の皺が深さを増したが、染矢は狩納を見てさえいなかった。

「事務所でも十分働いてくれたが、自宅でもなにかと気を遣ってくれて助かった。水回りの掃除だとか夜食の用意だとか。お蔭で綾瀬君がいなくなった途端、鏡が曇るようになった」

深々と嘆息され、加減のない怒声が込み上げる。だがそれが声になる前に、綾瀬が大きく首を横に振った。

「そんな、俺なんかなにも…。なんでもできる家政婦さんが、ちゃんといらっしゃるじゃないですか」

慌てる綾瀬に、染矢がいや、と身を乗り出す。

「勿論彼女たちも有能で気が利くが、君はそれ以上だ。昨日は君が淹れてくれたコーヒーを思い出して、夜中に電話したくなった」

染矢は相手の気分をよくしてやるため、言葉を選ぶような男ではない。実際昨夜は電話で呼び出したいほど、綾瀬が淹れたコーヒーを飲みたかったのだろう。

「呼んでいただければ、いつだって淹れに行きます。でもきっと俺より、家政婦さんの方がお上手ですよ？」

俺も、ちゃんと教えてもらえばよかったです。そう控え目に笑った綾瀬に、染矢が眉根を寄せた。

「綾瀬君の場合は、出てくるタイミングもいいんだろうな。君が帰って、初めて気づいた」

なんだそれは。

不意に何日か前、煙草を手探りし舌打ちをもらした自分を思い出す。

綾瀬は目に見えて気が利く性分でもなければ、手際が優れているわけでもない。むしろおっとりとした外見と同様に、作業の速度はゆるやかだ。

しかし狩納のような男には決して行き届かない場所を見る、そんな視点を持っている。それはいつだって、声高には主張されるものではない。だが望む場所に望むものがひっそりと収まる心地好さは、狩納のみならず染矢の日常にも馴染んだと言うわけか。だがだからと言ってこれ以上、綾瀬を貸し出す気は毛頭なかった。

「自分で塩水でも入れて飲んでろ。綾瀬、帰るぞ。準備してこい」

「お前こそ綾瀬君がいない間、自分じゃコーヒー一杯淹れなかったんだろ」

腕を組んだ染矢が、顎で示す。

指摘されてみれば、綾瀬が不在の数日間、狩納は自宅でコーヒーを飲んだ記憶など一度もなかった。

「図星だろう。お前にできたのは毎日ここに顔出して、管を巻くことだけじゃないのか。情けない」

「毎日じゃねえだろう」

「お前は綾瀬君を見習うべきだ。慣れない私の家でもよく働いてくれた上に、綾瀬君は帰りたいなんて泣き言一度だって口にしなかったぞ」

胸を聳《そび》やかせた染矢を殴らずにいられたのは、奇跡でしかない。

込み上げた怒声が、首筋の毛を逆立てる。紙一重の位置で呑み込みはしたが、果たして自分はなんと叫ぼうとしたのか。

そう考えた途端、別種の怒りが顳顬を打った。

黙れと、そう怒鳴るつもりだったら幸いだ。だがもし、もしも当たり前だと吐き捨てる気だったのなら、染矢を殴るだけでは治まりそうにない。

「つくづく情けない。綾瀬君がいないと自分の世話一つ、ろくにできんとはな」

断じられ、今度こそ拳を握る。無言で襟首に腕を伸ばした狩納は、背後で上がった声に動きを止めた。

「そんなことありませんよ…！」

思ってもみなかった懸命さに、染矢もまた綾瀬を振り返る。穏当とは言いがたい二対の視線を向けられ、綾瀬が薄い背をふるわせた。

「俺なんかいなくても、狩納さん、ちゃんとしてらっしゃいました。マンションの部屋も、すごくきれいで…」

言い募る声が、ちいさく上擦る。

それは狩納のための抗弁というより、綾瀬自身のための訴えに聞こえた。大きく息を啜り上げた痩身が、淡い色をした舌先で唇をしめらせる。

「ちゃんとご飯食べてるかな、とか、部屋ももしかしたら、汚れてたりするのかな、とか思ってたんですが…、戻ったら、全然どこもちゃんとしたままで…」

言葉を手探りし、綾瀬がはっと睫をふるわせた。

「あ…、狩納さんが料理や片づけができないだなんて、思ってたわけじゃないんですよ？ …ただちょっと、思ってたよりずっと変わりがなくて、なんて言うか…、その、少し寂しいくらいって言うか…」

自分がどんな言葉を選んだのか、綾瀬に自覚があるとも思えない。

だが寂しいと、そう口にされた瞬間、狩納は染矢を摑み上げていた指を解いた。

それは昨夜、狩納の胸にあったものと同じ言葉だ。

染矢がどんな目で自分を見ているか、そんなことさえどうでもいい。一歩、綾瀬へと踏み出そうとした狩納の眼前で、少年がちいさく跳ねた。

「すみません、俺、なんか変なことばっかり言って。…先生、俺、帰りの準備をしてきます」

律儀に一礼した綾瀬が、踵を返す。狩納が腕を伸ばすより早く、軽い足音が扉の向こうへと消えた。

「……なかなかどうして。言いたいことだけは言って行ったらしいな」

綾瀬の背中を見送った染矢が、驚いたように眉を吊り上げる。

「正直最初は、あんな子を手元に置くお前をどうかと思ったが……」

しみじみと唸られ、狩納は剣呑な視線を振り向けた。

綾瀬の年齢や性別は、染矢にとって歓迎はできなくとも大きな問題ではないのだろう。むしろあんな、と評するのは、穏やかすぎる性質だ。

自己主張に薄く、腹の底が見えるどころかその存在を軽んじられるほどに正直。肉体的にも脆く、些細《ささい》な暴力からも身を守れない。

年端もいかない子供を自由にするのと同じで、綾瀬は与《くみ》しやすい存在に見えるのだろう。事実、その側面はある。そしてそれを平伏《ひれふ》させ、悦にいるなど見下げ果てていると、染矢が眉をひそめるのはそんな狩納に対してだ。

果たして綾瀬は、与しやすい存在だろうか。

綾瀬が御しやすく、思うまま従わせることが可能ならば、きっとこんな気分にはなっていない。

やはりここは、染矢に一発ぶち込んでおくべきか。腹立たしさを隠さず男を振り返ると、染矢が真っ直ぐに狩納を見ていた。

「そう言えば、お前の父親がお前を引き取ったことに、昔は随分驚かされた」

「やめろ、その話」

先日見た夢の記憶が、喉元を掠める。

犬のような唸り声にも、染矢は眉を顰めただけだ。口を噤《つぐ》むどころかなにかを思い出したように、男が狩納を眺めた。

「考えてもみろ。お前はあいつの縮小版みたいに生意気な子供だったし、あいつは子育てなんて千尋《せんじん》の谷に突き落とす以外方法を知らんような男だったんだぞ。あいつがお前の入学式に顔を出した時のあの衝撃。あれでお前を育てた、なんてあいつに胸を張られては私の功績が軽んじられすぎだ。お前が子供らしい子供だったかは疑問だが…。でもなかなかに可愛かったな。目つきの悪さは相当だったが、それも今となってはそれなりに…」

際限なく並べ立てる染矢に、狩納は右の拳をぎりりと固めた。本当にここで息の根を止めておかなければ、朝まで喋《しゃべ》り続ける気ではないのか。拳を持ち上げた狩納を、染矢が機嫌のよい目で見上げた。

「なんにしたって、お前たちは莫迦莫迦しいほどよく似てる」

そうだろう、と促した男が、満足そうに目を細める。

「親子揃って、人を見る眼に狂いがないところもな」

その声に、皮肉な響きはない。

懐かしい面影でも辿るかのように、染矢が鼻先で両手を組む。

座っているせいばかりでなく、男の視線は狩納よりも低い位置にあった。それにも拘わらず、不意にはるか昔に見上げた染矢の目を思い出す。

眉間に力を込めた狩納を眺め、男が声もなく笑った。

「綾瀬君は強い子だ。刃物を前にしても怯まないところといい、お前が選んだだけのことはある」

自分の言葉に頷いた染矢が、今度ははっきりと唇を綻ばせる。自慢気な顔が、やたらと眩《まぶ》しくて癪《しゃく》に障った。

「お前を引き取ったあいつの眼が、間違ってなかったようにな」

揶揄が混ぜられていたならば、まだましだった。だが染矢の声にあるのは、聞き慣れた確信だけだ。

それは、どんな論理なのか。

綾瀬を選んだ狩納の眼に狂いはないと。狩納を引き取った父親の眼に狂いがなかったように、両者には特別な価値があると、そう言いたいのか。

「……親莫迦なのも大概にしとけ」

呆れを通り越して、苦々しい声しか出ない。なんてことを真顔で言うのか、この親父は。だがいつだってそうだ。なにも言わない父の代わりに、言葉をくれたのはいつだってこの男だった。舌打ちを噛んだ狩納に、染矢が至極真面目に目を眇めた。

「莫迦とはなんだ事実だろう。さすが私が育てただけのことはある。そうだ。綾瀬君も私が教育すれば、優秀な人材になるぞ。任せておけ」

「却下だ！　ドロップアウトしてカマになった息子がいるくせに、どこからそんな自信が出てくんだ手前ェ」

「女装はともかく、二人共優秀であることに変わりない。私のお蔭だ、感謝しろ」

だからその自信は、どこから来るのか。

結局男を殴りつけられなかった自分を唸り、狩納は所長室の扉を開いた。挨拶もなく部屋を出ようとした男を、思い出したように染矢が呼び止める。

「そうだ北。綾瀬君にはちゃんと私から教えておいてやったから、安心しろ」

果たして自分は、何事かを染矢に依頼しただろうか。心当たりがなく振り返ると、染矢の視線はすでに手のなかの書類にあった。

「なにがだ」

「自己破産の件だ。綾瀬君の立場では自己破産するのは法的に無理だし、警察に駆け込むのも無駄だからやめた方がいいと言い含めておいた。きちんと納得してくれた綾瀬君は莫迦…いや、素直で実に素晴らしい」

平然と告げた染矢を、思わず足を止めて見下ろす。

綾瀬は染矢を正義の弁護士と信じ、疑っていない。そんな相手を捕まえて、よくもそんな非道な嘘をつけるものだ。

「悪魔か。手前ェは」

借財や資産の有無を問わず、自己破産の申し立てだけならば誰にだってできる。それが綾瀬に限って不可能だなどと、この弁護士先生はどんな面をして吹き込んだのか。きっと今と同じ至極真面目な、罪悪感とは無縁な厚顔さで高説を垂れたに違いない。

渋面を隠さない狩納に、染矢は当然だと言わんばかりに顔を上げた。

「お前を犯罪者にするわけにはいかんだろう」

「…莫迦親が」

分かっている。全ては狩納のためだ。

それは今に始まったことではない。あの日父親に問いを向けたのも、きっと同じ理由だ。

いずれにせよ綾瀬を気に入っていなければ、あくどい知恵をつけてまで手元に引き込みはすまい。

分かりすぎる染矢の思考回路に、狩納はげんなりと息を吐いた。狩納からの礼を期待していないことも、よく知っている。喋りすぎる染矢の口はお節介で、そしてどうしようもなく甘い。

どれほど図体《ずうたい》がでかく育とうと、所詮染矢にとって狩納はいつまで経《た》ってもちいさな子供だと言うことか。同じように、狩納もまた染矢を殴ることはできない。その事実を阿呆らしくも狡《ずる》いと思う程度には、狩納にとっても染矢は身内なのだ。

もう一度嘆息を絞り、狩納は所長室の扉を開いた。

「狩納さん、もう用事は大丈夫なんですか？」

廊下の向こうから、やわらかな声が響く。鞄を提げた綾瀬が、狩納に気づき駆け寄った。最後にもう一度、染矢に声をかけようとしたのだろう。扉に手を伸ばした綾瀬を、狩納は無造作に引き寄せた。

「ちゃんと勤まってるみてえだな。ここで」

耳元に声を落とすと、驚いたように綾瀬が狩納を振り仰いだ。

「まだ、全然ですが…染矢先生が親切にして下さるお蔭です。今日も法律についてわざわざ時間を割いて教えて下さったんです」

嬉しそうに、琥珀色の目が輝く。きっと染矢の似非《えせ》債務整理講義を受ける間も、同じような目で男を見上げていたのだろう。正面入り口へと綾瀬を促し、狩納はその旋毛《つむじ》に唇を落とした。

「そいつはよかったな」

全部嘘だと、この口は語りはしない。

それが本当は必要な言葉だとしても、所詮はあの莫迦な親の、愚かな息子だ。似たような結論に至るのは、致し方ないというところか。

「ところで、部屋の掃除の件な」

切り出した狩納に、綾瀬がはっと顔を上げる。

「すみません。余計なこと言っちゃって。狩納さんが掃除できないとか、そんなふうに思ってるわけじゃないですから」

慌てて言い募る綾瀬の髪に、狩納は背中を屈めて額を押し当てた。

「帰ってなかっただけだ」

言葉にして教えると、澄んだ目が見開かれる。立ち止まろうとした綾瀬の腰を、狩納は言葉を探すように撫でた。

「お前がいねえなら、戻っても仕方ねえからな。仕事して、気がついたら結局ほとんど事務所で寝起きしちまってた」

だから部屋を汚す余地さえ、なかったのだ。

狡猾《こうかつ》な弁護士の嘘を正す代わりに、取るに足らない見栄《みえ》を捨てる。瞬きも忘れた瞳を覗き込み、狩納はささやかな事実を口にした。

そんな、と呻くのか、まさか、と疑うのか。だがそのどちらも口にすることなく、大粒の目が滲むような笑みに溶けた。

「……帰ったら仮眠室の掃除、しましょうか？」

どこか嬉しげに尋ねられ、ちいさく笑う。

仮眠室の惨状《さんじょう》など、今はどうだっていい。改めて染矢の気分を味わえてしまえそうで、狩納はいい匂いのする旋毛に唇を擦りつけた。

「それより今夜もベッド、汚そうぜ」

自分の正直さを思い、低めた声を耳殻に注ぐ。飛び跳ねるようにふるえた綾瀬が、甘ったれた男を睨んだ。

食べきれないっ

狩納北《かのうそむく》が大きな包みを持ち帰ったのは、週が明けた最初の夜だった。

「すごいわねそれ。買ったの？」

台所と食堂《ダイニング》とを隔てるカウンターに腰かけ、染矢薫子《そめやかおるこ》が目を瞠《みは》る。

黒髪をゆるく結い上げた染矢は、隙《すき》のない人形のようにうつくしい。真昼の陽光のなかでは、どこか非日常的に映るほどだ。

入念にマスカラが施された睫《まつげ》を、染矢がゆっくりと瞬《まばた》かせる。涼しげな大島の着物と、水色のアイシャドーが豪華な美貌に品よく栄えていた。

「そうなんですよ、狩納さんが」

応えた口元が、自然と綻《ほころ》ぶ。

白い指先で、綾瀬雪弥《あやせゆきや》は台に置いた調理器具へ触れた。

たった今し方まで唸《うな》りを上げていた、フードプロセッサーだ。

プラスチック製の白い本体に、透明な容器が取りつけられたそれは、まだ真新しく傷一つない。

機能的な台所に、その姿はよく似合うと同時に、ひどく不似合いでもあった。

「狩納が？」

染矢が怪訝《けげん》な声を出すのも、無理はない。

このマンションの主である狩納は、調理など全くしない男だ。綾瀬がマンションで暮らし始めて半年以上が経《た》つが、それ以前に台所が使われていた痕跡はない。そんな狩納が、フードプロセッサーを購入するなど、とても想像できないことだ。そもそもフードプロセッサーという調理器具が存在すること自体、男が知っていたかどうかも疑わしい。

微笑をほんの少し苦いものに変えて、綾瀬は頷《うなず》いた。

ささやかな綾瀬の動きに合わせ、額に落ちた琥珀《こはく》色の前髪が揺れる。細くやわらかな髪は、色素が薄い綾瀬の肌をやさしく彩った。

「俺が…、欲しがってたから、狩納さんが気を遣《つか》って下さったんです……」

フードプロセッサーを、狩納にねだるに至った経緯を思い出すと、申し訳なさに胸が疼《うず》く。

狩納が所有するマンションで暮らす綾瀬は、本来男になにかをねだれる立場にはない。それにも拘《かか》わらず、フードプロセッサーがあったなら、と夢想した綾瀬を、狩納は咎《とが》めなかった。むしろ希望を殺し、胸の内を告白しない頑《かたく》なさこそが、狩納を不快にさせたようだ。

綾瀬にしても、是が非でもフードプロセッサーを入手したかったわけではない。だが欲しいものがあるなら、どんな些細《ささい》なものでも自分を頼れと、狩納は眉間に深い皺《しわ》を刻んだ。

結果、綾瀬の手元にやってきたのがこの機械だった。

週明けに事務所へ届いた包みを、狩納が手ずから最上階にあるマンションへ運んだ。以来四日間、フードプロセッサーは毎日のように活躍をしている。

「あら、よかったじゃない。それくらいしかあいつ、取り柄がないんだから。買い物くらいばんばんさせてやんなさいよ」

気楽な調子で笑われ、綾瀬は困ったように眉を垂れた。

確かにフードプロセッサー一つで、狩納の経済力が傾《かたむ》くとは思えない。だからといって、綾瀬がものをねだっていい道理はないのだ。

「俺しか使わないようなものなのに、申し訳なくて」

「狩納が使うとこなんか、想像したくもないわよ。なんの肉を挽《ひ》くか分かったもんじゃないわ」

きれいに手入れされた指先を、染矢がひらひらと振る。染矢が言う通り、狩納がフードプロセッサーを使う姿は綾瀬にも思い描けなかった。

「それよりどうなの、使い勝手は」

興味深そうにフードプロセッサーへ目を向けられ、綾瀬が大きく頷く。

「すごいんですよ、これ…！」

応える声にも、思わず力が籠《こも》った。

用意したアイスコーヒーを、染矢の手元に差し出す。瀟洒《しょうしゃ》なグラスは背が高く、注いだ氷が漆黒《しっこく》の液体に濃淡を生んだ。

「このホイップクリームもこれで作ったんですけど……」

コーヒーの上部には、七分立てにした生クリームが雲のように浮かんでいる。砂糖を好まない染矢のため、コーヒーは少し濃いめのブラックだ。

「すごく簡単に作れるんですよ。電動泡立器でホイップすると、クリームってあんまりおいしくないじゃないですか。でもこれ、結構手で泡立てたみたいになるんですよ」

電動泡立器を使うと、泡立ちすぎるためか泡が荒く、硬くなる。高校時代、学校で電動泡立器を使ったことがあったが、便利な反面、弊害《へいがい》もあった。

幸い電動泡立器を多用する機会も少なく、祖母と暮らしていた頃も、手動の泡立器が一つあれば充分だった。一人暮らしになった後は、尚更《なおさら》だ。

「ふーん、そういうもんなの。確かにすごくきれいに泡立ってるわね」

からん、と軽やかに氷を鳴らし、染矢がコーヒーを掻《か》き混ぜる。白いクリームはなめらかにコーヒーへ溶けた。

「勿論《もちろん》生クリーム以外もホイップできるんですけど、それだけじゃなくて、スライスとかもできるんですよ」

きれいに洗った透明容器を、手際よく本体に取りつける。攪拌《かくはん》用の平たい底蓋《そこぶた》に替わり、綾瀬は小口の金属を持つ底蓋を取り出した。

冷蔵庫から胡瓜《きゅうり》を用意して、電源を入れる。

ちいさな唸り声と共に、胡瓜が機械に呑《の》み込まれた。

「案外音もちいさいのね」

「やっぱりそう思います？　山芋とか擂《す》り下ろすのも、全然音しないんですよ」

待つまでもなく容器へ落ちてきた胡瓜を、硝子《がらす》の器へ移す。胡瓜はどれも、薄く均等に切られていた。

祖母の手伝いに始まり、一人暮らしが長かった綾瀬は、包丁を使う手つきも器用だ。大抵は自分が握る包丁で事足りる綾瀬にとっても、このフードプロセッサーの機能は満足できるものだった。

「山芋まで下ろせるの？」

「そうなんです」

続けて皮を剝《む》いた山芋を、底蓋を取り替えたフードプロセッサーに入れる。見る間に容器へ、淡雪のような山芋が溜《た》まった。

「このキッチン、泡立器は置いてあったんですが、擂鉢《すりばち》まではさすがになくて…。ちょっとざらざらしちゃいますけど、これがあると養老豆腐とかも簡単に作れますよ」

透明容器のなかの山芋を確かめ、綾瀬が染矢を振り返る。

やはり山芋は、擂鉢を使い山椒《さんしょう》の擂粉木《すりこぎ》で擂り下ろすのが一番だ。祖母と二人、大きな擂鉢を抱えて山芋を下ろした記憶が、懐かしく蘇《よみがえ》る。

一人暮らしのアパートにも、擂鉢は置いていた。だが自分一人のため、熱心に山芋を下ろす気持ちにはなれず、活躍の場は数えるほどしかなかった。

「養老豆腐なんて本格的ね」

おいしそう、と染矢が溜め息を吐く。

「出汁《だし》と合わせて汁物にするのもおいしいと思います」

擂り下ろした山芋を、綾瀬は陶器の器に注いだ。真新しいフードプロセッサーは、攪拌し、擂り下ろし、薄切りをする以外にも、十近い機能を備えている。

フードプロセッサーが欲しいと考えた当初の綾瀬は、微塵《みじん》切り程度の、極単純な機能を期待していたにすぎない。しかし狩納が買い与えてくれたものは、その想像を大きく上回っていた。金額について男はなにも言わないが、きっと相応の値段がしたはずだ。

目の前のフードプロセッサーは大きく、家庭用とは言え本格的な作りであることは明らかだった。きっと一人暮らしのアパートであれば、置き場所に困ったに違いない。ゆったりとした狩納のマンションだからこそ、それは調理台に置いても手狭な印象はなかった。

「他にも……」

「スポンジとか、刻めたりするの？」

唇の端を吊《つ》り上げ、染矢が尋ねる。予想もしていなかった言葉に、綾瀬はきょとんとして染矢を見た。

「…スポンジ、ですか？」

「冗談よ」

形のよい唇を、染矢が少し意地悪に歪《ゆが》ませる。

「綾ちゃんがあんまりに熱心に解説してくれるから。綾ちゃんもしかして、私にもフードプロセッサー買わせようとしてる？」

悪戯《いたずら》な口調で揶揄《やゆ》され、綾瀬ははっとして染矢とフードプロセッサーとを見比べた。

「そそそ、そんな、買わせようだなんて…！」

「だから、冗談だってば」

堪えきれないというように、染矢が声を上げて笑う。

「でも綾ちゃんの説明聞いてると、ちょっと買いたくなっちゃったわ。フードプロセッサー」

「染矢さん…！」

青くなったり赤くなったり、綾瀬は困り果てて眉根を寄せた。本気で戸惑う綾瀬が面白かったのか、染矢は肩を揺らすのを止めようとしない。

「綾ちゃんがこんなにたくさん喋《しゃべ》るの、久しぶりに聞いた気がするわ」

染矢に指摘されるまでもなく、自分が口下手なのは知っている。いつになく饒舌《じょうぜつ》になったと思ったら、フードプロセッサーの解説だなどとは情けない。恥ずかしさに唇を引き結ぶと、染矢の笑みが深くなった。

「褒《ほ》めてるのよ。こんな表情をすると、染矢はきれいで珍しい猫のようだ。綾ちゃん、調理器具の実演販売とかできそうよ」

「そんな、やめて下さいよ」

つい嬉《うれ》しくて、フードプロセッサーの自慢に熱が入ってしまった。

ホイップクリームを作ったり、山芋を擂り下ろしたりと、確かに自分は実演販売員さながらだ。染矢が望めば、いずれスポンジを刻んで見せたかもしれない。

「綾ちゃんがそんなに喜んでくれたなら、狩納も本望だったんじゃない？」

「……狩納さんには、本当に感謝してます。こんな立派なの、買っていただけるなんて思ってなかったから…」

きれいに洗った透明容器を、綾瀬は掌《てのひら》でそっと撫《な》でた。

機械が届いたその日から、綾瀬は繰《く》り返し、狩納に謝意を伝えている。だが幾ら言葉をつくしても、足りるようには思えなかった。

「これ使って、狩納にも色々食べさせて上げたんでしょ。なに作ったの？」

ホイップクリームは無理だろうけど、と染矢が手にしたグラスを示す。

甘いものが苦手な狩納が、無糖とはいえ生クリームを口にするはずはない。染矢の指摘は尤《もっと》もで、綾瀬もちいさく笑った。

「一昨日は、大根下ろしを作って…。あと、鰯《いわし》のつみれとか。昨日は、じゃがいものスープで……」

指折り数え、これまでフードプロセッサーを使って挑んだ料理を思い出してみる。

鰯のつみれも、じゃがいものスープも、フードプロセッサーの偉大さを痛感する献立《こんだて》だった。またしても染矢に、熱弁を振るいたくなってくる。特にじゃがいものスープは、玉葱《たまねぎ》を刻む段階から格段に効率がよかった。

「大活躍じゃない」

「もっと他にも使い道はあるんでしょうけど…。でも本当に、微塵切りとか早いし均一だし、便利ですよ」

染矢が自宅で調理をするのなら、絶対に勧めるところだ。そうなれば冗談ではなく、実演販売員どころか広告員だ。

しかし染矢は狩納とはまた違う理由から、台所にはほとんど立たないらしい。水仕事で肌が荒れるのも、調理器具で爪が傷つくのも我慢ならないのだそうだ。

「旦那も果報者ね。フードプロセッサー一つでここまで綾ちゃんが喜んでくれた上に、おいしいもの食べさせてもらえて」

心底羨《うらや》ましそうに、染矢が唇を尖《とが》らせる。鮮やかなマニキュアを施した指先が、ゆったりとコーヒーを掻き回した。

「おいしいかどうかは、分からないですけど…」

祖母が元気だった頃は、季節ごとに様々な料理を作ってきた。しかし一人暮らしになってからは、献立も偏《かたよ》りがちだ。一人で取る食事だと思うと、どうしても熱意が湧いてこない。作るのが億劫《おっくう》なのではなく、食欲が失《う》せるのだ。

狩納と暮らし始めてからは、勿論そうは言っていられない。毎日似たような献立では飽きるだろうと、一人ではなかなか手が伸びなかった食材も使うようになった。

調理に限らず、自分にできる仕事を見つけ、忙しく立ち働いていられるのは喜びだ。毎日試行錯誤《しこうさくご》を重ねるのは苦にならなかったが、自分が作ったものが狩納の口に合うかどうかは別問題だった。

「なに言ってんの。綾ちゃんすっごく料理上手じゃない。あんな怖い旦那が眼ぇ光らせてなかったら、今すぐにでもまた、お店の厨房《ちゅうぼう》に攫《さら》って行きたいくらいよ」

真っ直ぐに自分を見る染矢に、綾瀬が照れたように視線を伏せる。社交辞令だと分かっていても、染矢の心遣いはいつでも嬉しい。

以前綾瀬は染矢が経営するオカマバーで、アルバイトとして雇い入れてもらったことがあった。本当に短期間しか働けず、怖い思いもしたが、貴重な経験だったのは確かだ。染矢を始め店の従業員たちは誰もが親切で、今でもなにかと綾瀬を気遣ってくれていた。

「上手…じゃないですけど。そう言ってもらえると、嬉しいです」

「おいしそうな話聞いてたら、私もまた綾ちゃんの手料理が恋しくなっちゃった。それ使って、今度私にもなにか作ってよ」

フードプロセッサーを指さされ、綾瀬が笑顔で頷く。

「勿論です。なにが食べたいですか？」

同じ食事を作るにしても、誰かのためとなると俄然《がぜん》張り合いができた。染矢が少しでも楽しみにしてくれるとなれば、尚更だ。

「そうねえ。養老豆腐や、じゃがいものスープもおいしそうだけど…。他に綾ちゃんのお勧めは？」

両手の掌を組み合わせ、染矢が真剣な目で尋ねる。

フードプロセッサーを見下ろし、綾瀬も眉間にちいさな皺を寄せた。

「なんにでも便利そうだけど…。微塵切りとか、挽肉《ひきにく》とか、そういう料理だったら、なんでも」

「挽肉、ね」

「ミートローフとか、ハンバーグとか……」

思いつくまま、挙げてみる。

ハンバーグならば、豚肉と牛肉を併《あわ》せて挽くところからフードプロセッサーが活躍しそうだ。その上玉葱の微塵切りも早い。しかしやや子供が好む献立にすぎるだろうか。

「餃子《ぎょうざ》とかは？」

きれいな声で尋ねられ、綾瀬ははっと顔を上げた。

「……餃子…！」

ぱん、と握った拳《こぶし》で掌を叩《たた》く。

餃子には、挽肉が必須だ。その上ハンバーグより、たくさんの野菜を微塵切りにする必要があった。予《あらかじ》め挽かれた肉を購入し、無心になって包丁で野菜を刻むことも可能だが、それには手間がかかりすぎる。最近全く作っていなかったことを思い出しながら、綾瀬は大きく頷いた。

「作れます、餃子。きっとすごく簡単だと思います」

力を込めた綾瀬に、染矢もまた唇を綻ばせる。

「本当？　じゃあ餃子がいいわ。ビールにも合いそう」

まだ夏の盛りには遠いが、春の夜はのんびりとしていて心地《ここち》好《よ》い。陽が落ちてから、野菜をたっぷり刻んだ餃子とビールを囲むのは贅沢《ぜいたく》で楽しい想像だ。

「ビール、おいしそうですね」

自分が未成年であることを忘れ、思わず同意する。染矢も悪戯っぽく笑っただけで、咎めなかった。

「狩納さんも、餃子なら食べてくれそうだし。それにビールも」

「綾ちゃんが作ってくれるなら、あいつ鉄板だって食べるわよ」

不穏な冗談を口にして、染矢がハンドバッグを引き寄せる。そろそろ仕事場へ移動しなければならない時間らしい。

フードプロセッサーの話題に終始してしまった自分を恥じながら、綾瀬は染矢を玄関まで見送った。

「狩納に、綾ちゃんの餃子独り占めさせないためにも、材料は私が用意するわ。今度、必要な材料を教えてね」

磨き上げられたフローリングの廊下を歩きながら、染矢が目を細める。

「そんなこと…。狩納さんも、染矢さんがご飯ご一緒してくれるだけで、喜ばれると思いますよ」

ここが綾瀬の自宅であれば、キャベツや豚肉の心配など無用だと、即答したいところだ。だがマンションの持ち主は狩納であり、男がささやかな食材程度頓着《とんちゃく》しないことを知っていても、綾瀬が我がものとして語ることはできなかった。

「綾ちゃん、まだあいつの心の狭さを分かってないの？　がっぽり食材持ち込んで、綾ちゃんの手料理を食べる権利を主張してやるんだから！」

笑いながら、染矢がしなやかな腕に力瘤《ちからこぶ》を作る真似《まね》をする。つられるように笑い、綾瀬は礼を言って頭を下げた。

「頑張りますから、お腹空かせて来て下さいね」

開いた扉の向こうから、あたたかな空気が流れ込む。

「楽しみにしてるわ」

手を振った染矢に、綾瀬も深く頭を下げた。


ゆるく丸めた拳で、厚い扉を叩く。

「失礼します」

声をかけ、綾瀬は社長室の扉を開いた。観葉植物が飾られた室内は、明るくて広い。

綾瀬のアルバイト先である帝都《ていと》金融は、マンションと同じビルの二階に位置した。マンションの部屋と同様に、事務所は清掃が行き届いて清潔だ。

明るい灰色の絨毯《じゅうたん》が敷き詰められた部屋の中央に、大型の机が置かれている。黒い執務椅子にかけていた男が、受話器を手にしたまま綾瀬を振り返った。

鋭利な男の眼光と目が合う瞬間は、今でも綾瀬を緊張させる。表情をゆるめることなく、狩納は電話の相手と二言三言、言葉を交わした。別れの挨拶《あいさつ》も、受話器を下ろす動作も、狩納の動きには少しの無駄もない。

「コーヒーでよかったですか？」

電話を終えた男の元へ、コーヒーカップを差し出す。よい香りが、ふわりと立ち上った。

おう、と短く応え、狩納がコーヒーカップへ腕を伸ばす。空いた右腕は、電話の脇に置かれていた書類を引き寄せていた。

「結局、染矢は来れねえみてぇだな」

書類を一瞥《いちべつ》した狩納の双眸《そうぼう》が、綾瀬を見上げる。

蛍光灯の白さが眼球に映り込み、男の容貌《ようぼう》を一層冴《さ》え冴《ざ》えとしたものに見せた。

「そうなんですよ…」

汚れた灰皿を取り替えながら、綾瀬が肩を落とす。

新しく購入してもらったフードプロセッサーを使い、染矢に餃子を振る舞う約束を綾瀬は楽しみにしていた。染矢も乗り気で、昨日には狩納宛《あ》てに、段ボールに入った豪華な食材を届けてくれたほどだ。少ない仕事の休みを都合して、本来なら今日の夕方マンションを訪ねてもらう予定になっていた。

「家の都合なら、仕方ないですよね」

言葉にすると、新しい心配が込み上げる。

染矢から、急用ができたと連絡が入ったのは、昼すぎのことだ。父親から呼び出され、どうしても実家へ戻らねばならなくなったらしい。

染矢の父親は、狩納の親代わりと言える男だ。現在は事務所の顧問《こもん》弁護士を務め、綾瀬もなにかと世話になっていた。

以前にも染矢は体調を崩した父親のため、実家に戻ったことがあると聞く。今回も家族の体調に不安があるのではと思うと、気が気でない。

染矢は大丈夫だ、と綾瀬を宥《なだ》め、何度も謝罪してくれたが、心配な気持ちは拭《ぬぐ》えなかった。

「都合じゃねえだろ。あいつがファザコンなだけだろうが」

書類に眼を遣《や》ったまま、狩納が断じる。

ファザコンだなどという言葉は、狩納の口から聞くにはあまりに新鮮だ。思わず、綾瀬は大粒の瞳を見開いた。

「そりゃあ、染矢さんと染矢先生、すごく…仲よさそうでしたけど…」

一度だけ、染矢とその父がこの事務所で鉢合わせた現場に、綾瀬も居合わせたことがある。男性でありながらうつくしく装った染矢とは対照的に、父親は四角四面を絵に描いたような紳士だった。

父親がどれだけ咎めても、染矢は女装を改めるつもりはないらしい。姦《かしま》しく言葉を投げ合いながらも、二人が心底からの愛情で結ばれているのは綾瀬の目にも明らかだった。

羨ましいとしか言いようがないが、そんな二人を狩納がファザコンと称《しょう》すると、どきりとする。つき合いの長い狩納は、綾瀬には計り知れない染矢の一面を知っているのだろうか。

「あのカマ野郎のことなんかはどうでもいいけどな。荷物、送って寄越《よこ》してただろ。来週まではもたねえだろうが、捨てたか？」

「す、捨てるだなんて…！」

段ボールに入って届けられた食材は、今日の出番を待ち、マンションの食品庫《パントリー》に置かれていた。約束通り、染矢は餃子のための材料を用意してくれたのだ。

今日の予定は流れてしまったが、染矢は来週、改めてマンションを訪ねてくれるらしい。それは嬉しいが、残念なことに一週間は食材がもたないだろう。今日のため、綾瀬も幾つか食材を買い足しており、冷蔵庫にも収まりきるか自信がなかった。

「来週にはまた改めて用意するから、よかったら食べて欲しいってお話でしたが…」

「毒でも入ってんじゃねえのか」

嫌そうに、狩納が鼻面に皺を寄せる。

「そ、そんなことありませんよ。立派なキャベツでした」

生真面目に否定した綾瀬に、狩納が嘆息をもらした。

「来ねえあいつが悪いんだ。捨てるなり使うなり、好きにしろ」

狩納は元から、諸手《もろて》を挙げて染矢の来訪を楽しみにしていたわけではない。綾瀬が積極的に使うのでなければ、食材も頓着なく捨ててしまうだろう。慌てて、綾瀬は大きく頷いた。

「使います！　折角《せっかく》なんで、今日も餃子作ってみようと思うんですが、いいですか？」

「構わねえ」

染矢の野郎には、来週も来るなと言っておけ。

どこまで本気か分からない声音でつけ足され、綾瀬は困ったように眉を垂れた。

今日染矢が来られないのは残念だが、その分フードプロセッサーを使い、餃子作りの予行練習をさせてもらおう。染矢が用意してくれた食材を使うのは心苦しいが、狩納の口に合うか、様子を窺《うかが》うのにもよい機会かもしれない。

「餃子、市販の皮を使うんですけど、大丈夫ですか？」

「売ってるもんなのか、皮なんか普通」

真顔で尋ね返され、綾瀬が睫を瞬かせる。

「袋に入って、スーパーとかで…。勿論、小麦粉で作ることもできますけど…」

「へえ」

書類を確認していた手を止めて、狩納が驚いたような声を出した。

調理をしない狩納は、基本的に食材売り場になど立ち入る機会がないのだろう。餃子を自宅で作れることは知っていても、その手順など考えたことはないのかもしれない。

「家で作ってた時は、一回に結構な数、餃子焼いてたんですよ。だから皮まで手作りしてると、時間がかかりすぎちゃって…。あ、勿論、手を抜くってことじゃなくて、市販の皮、おいしいからなんですけどね」

「たくさん作るって、幾つくらいだ」

狩納の声音に宿る興味を拾い上げ、綾瀬の瞳がほっとゆるんだ。

「百個とか…百五十個とか…」

「一人でか？」

驚く男に、綾瀬が慌てて首を振る。

「二人とか、三人とかでですよ」

「お前が五十も食えば多いじゃねえか」

確かに普段の綾瀬は、食が太い方ではない。特に夏はそうなるから、狩納が驚くのも無理なかった。

「それくらい、案外食べられちゃうんですよ。狩納さん、餃子駄目じゃないですよね…？」

恐る恐る尋ねた綾瀬に、狩納が頷く。

「どうせ材料は腐るほどあるんだろ。たくさん作れよ」

にやりと、狩納が機嫌よく唇を歪めた。

文字通り、台所には十分すぎるほど食材がある。狩納の食欲を考えても、全く不安のない量だ。

「はい！　頑張ります」

明るい声音で応え、綾瀬は盆を抱え直した。

もう三十分もすれば、綾瀬の事務所での勤務時間は終わる。そうしたらマンションへ戻り、餃子作りの準備を始めよう。

餃子の他にも、中華風のスープと、ミニトマトを飾ったサラダを作る予定だ。狩納が戻るまでには、食卓を万全に整えられるだろう。そのためにはまず、事務所での仕事をきちんと終えなければならない。

灰皿だけでなく、ごみ箱の片づけもしてしまおうと、綾瀬は腕を伸ばした。体を屈《かが》めた拍子に、盆に載せていた灰皿が傾く。

危ない、と思った時には遅かった。

「あ…！」

盆を支えようと視線を巡らせた動きが仇《あだ》となり、重い灰皿が転がり落ちる。机の縁を掠《かす》めるように落ちた灰皿へ、綾瀬は反射的に腕を伸ばした。

「…痛ッ」

机の横板に、灰皿が音を立ててぶつかる。

綾瀬の指もまた、灰皿を受け止めることができず、灰皿と共に横板にぶち当たった。

「綾瀬！」

最初の悲鳴が上がるより早く、異変に気づいた狩納が腰を浮かせる。灰皿が絨毯に転がるのも構わず、狩納が綾瀬の手首を捕らえた。

「大丈夫か？」

「あ……、ごめんなさい…」

足元へ転がった煙草《たばこ》の灰を、綾瀬が茫然《ぼうぜん》と見下ろす。

失敗してしまった。

動転し、灰皿を拾い上げようとした中指に、痛みが走る。灰皿にぶつけたのか、あるいは机の横板で突いたのか、指が痺《しび》れるように痛んだ。

「そんなもん放っとけ。怪我《けが》はないか」

汚れた絨毯を気にする綾瀬を、狩納が手元へと引き寄せる。

机と指とがぶつかった音は、狩納の耳にも当然届いていた。体を引き逃れようとする綾瀬の手に、狩納の指が触れる。

「…っ！」

骨張った指が、右手の中指を辿《たど》る衝撃に、綾瀬は肩を竦《すく》ませた。悲鳴を上げることは堪えたが、狩納が見逃すはずがない。

「打ったのか？」

そっと中指を支えたまま、低い声で問われる。指に灰皿が落ちてきたわけではないので、綾瀬は首を横に振った。

「突き指か……」

舌打ちをした狩納が、唇を指先へ寄せる。

指に外傷はないが、気のせいかほんの少し赤い。その赤味の上を、狩納の舌が撫でた。

「ぁ…」

狩納の舌先は、ぬれてあたたかい。同時に、舌先が描く唾液《だえき》の筋は、すぐに冷えて冷たくなった。

ずきずきと、血脈に合わせて痛む指に、その差異が奇妙に心地好い。肩口に、じわりとした痺れが生まれ、綾瀬は肘ごと腕を引こうと身動《みじろ》いだ。

「狩……」

手首を摑《つか》む指に力が籠り、狩納が口を開く。まるで食べるかのように、ぱっくりと第二関節までを口に含まれた。

舌の平が唾液を啜《すす》り、指を舐《な》める。歯を立てず、唇で包むように指を圧迫されると、それだけで鈍い痛みが生まれた。

「……い……」

「病院に行け」

もう一度、ひりつく第二関節を舐めた狩納が命じる。

「大丈夫です。これくらい……」

「莫迦《ばか》言うな。久芳《くば》に送らせる。骨は折れちゃいねえが、戻ったら部屋で休んでろ」

言うなり、狩納の腕はすでに受話器へ伸びていた。

「包丁なんか、握るんじゃねえぞ」

念押しした男に、反論の言葉が喉に詰まる。一言ももらせない綾瀬の中指が、ずきりと痛んだ。


ぱたん、と空気を呑み込む音を立てて、冷蔵庫の扉が閉じる。冷たいステンレスの扉に左手を押し当て、綾瀬は溜め息を吐いた。

夕映えを越えた窓の外には、星のない夜空が広がっている。蛍光灯が灯《とも》る台所に立ち、綾瀬はもう一度息を絞った。

振り返った作業台に、ごろりと二つ、大きなキャベツが転がっている。

鮮やかな緑色をした、いかにもおいしそうなキャベツだ。

無農薬で育てられたというそれは、韮《にら》や人参《にんじん》、目にもうつくしいパプリカなどと共に昨日箱に入って届けられた。本来なら今日餃子の材料にするべく、染矢が贈ってくれたものだ。

人参やパプリカは、餃子には使用しない。しかしおいしそうだったから、と染矢が気を遣って同送してくれたのだ。他にも餃子のために、質のよい豚肉まで用意してくれた。

綾瀬自身も、今日のために食材を買い求めていたから、冷蔵庫はいつになくもので埋まっている。殊《こと》に冷凍室には余裕がなく、豚肉を収める隙間を捻出できなかった。

「どうしよう、これ……」

収まりようのないキャベツと、冷蔵室では長持ちしない豚肉とを思う。恨みがましい目が、自らの右手を見下ろした。

華奢《きゃしゃ》な中指を、仰々《ぎょうぎょう》しい包帯が巻き取っている。骨折したわけではないのだから、これは少し大袈裟《おおげさ》だ。

だが医者には、大事を取って明日の夜までは患部を固定しておくよう言われた。数日は痛みが残るだろうから、薬を塗り込むようにと軟膏《なんこう》も渡されている。

現在は第二関節を真っ直ぐに固定しているため、指を曲げることができない。包帯のお蔭か痛みはないものの、包丁を握るのは難しそうだ。

「捨てればいいだろう」

背後から投げられた声に、綾瀬がぎょっとして体を弾ませる。悲鳴も上げられず振り返ると、上着を脱いだ狩納が、台所の入り口に立っていた。

「狩納さん……」

驚きに、声が掠れる。考えごとに没頭していたせいか、扉が開いた気配に少しも気づかなかった。

「なにやってんだ、お前。怪我してやがるのに」

真新しい綾瀬の包帯に眼を遣り、狩納が眉をひそめる。

夕方突き指をした綾瀬は、病院へ行った後、狩納の事務所へは寄らずマンションに戻った。包丁を握るなと念を押された手前、夕食の用意はしていない。ただ食材が入った箱が整理されていることには、狩納も気づいたのだろう。

不満気な表情を見せた男に、綾瀬は怪我をした中指を体の影に庇《かば》った。

「早退してしまって、すみませんでした。指の方は、もう……」

痛くはないと、そう口にするより早く、狩納が顎をしゃくる。

「飯、食いに行くぞ」

促され、綾瀬は窓際に置かれた時計を見た。

時刻は午後七時になろうとしている。綾瀬の怪我のせいで、夕食の予定が狂ったため、外食へ切り替えようと言うのだ。

「あの、俺、大丈夫ですから、やっぱり作りますよ、夕食」

作業台に転がるキャベツと狩納とを見比べ、綾瀬はできる限り何気なく口を開いた。

「なに言ってんだ。指痛ぇんだろ」

眉根を寄せ、狩納が台所へと足を踏み入れる。特別不機嫌な表情を作らなくとも、男が眉間を曇らせるだけで威圧的な雰囲気《ふんいき》が増した。

こく、と、綾瀬がちいさく息を呑む。

「このままだと、キャベツとか悪くなっちゃいそうだし…。野菜はフードプロセッサーで刻めるから、包丁は使わずすみます。豚肉だって…。だから……」

調理台に据《す》えられているフードプロセッサーへ、綾瀬は腕を伸ばした。

豚肉は挽く前に、予め脂身を取り除きたい。そのためには包丁が必要となるが、少しくらいならどうにかなるだろう。包帯を汚さないよう作業するのは難しそうだが、食材を無駄にするよりはいいはずだ。

「そんなに餃子がいいのか？　いいぜ。餃子食いに行っても」

「そういうわけじゃ……」

狩納にとっては、食材を捨てることなど意に介さないらしい。どう言葉を選んでいいのか分からず、綾瀬は唇を引き結んだ。

「指、もう痛くないですし…。作るのは、本当に簡単なんです」

「無理すんな。キャベツくれえ、また買ってやる」

呆《あき》れたように、狩納が息を吐く。ごろりと作業台に置かれたキャベツは、綾瀬の小作りな頭などより余程大きい。

今日や明日の内に腐ってしまうものではないが、やはりこれらを置いて食事に出るのは躊躇《ためら》われた。だからといって狩納を相手に、弁舌で我を通すことなど綾瀬には不可能だ。

「俺……」

細くなった声音と共に、視線もまた重く沈む。

頭上の高い位置から、狩納の嘆息が落ちた。

無益な自分の主張が、男を苛立《いらだ》たせてしまっただろうか。ぎくんと、綾瀬の薄い肩が跳ねた。

「…あ……」

声を上げようとした綾瀬の頭に、狩納の掌が触れる。ぽん、と軽い調子で置かれた手の大きさに、綾瀬は息を吞んだ。

「キャベツ一つで、大騒ぎだな」

仕方なさそうに口元を歪めながらも、男の声に苛立った響きはない。戸惑う綾瀬に構わず、狩納がフードプロセッサーへ視線を向けた。

「仕方ねえな。んなに言うんなら、俺が作ってやる」

それで、いいだろう。

こともなげに、狩納がキャベツを顎で示す。すぐにはその仕種《しぐさ》の意味が理解できず、綾瀬はぽかんとして狩納を見た。

「え…？」

唇から、間の抜けた声が出る。

不思議そうというより、それは怪訝な響きを帯びていたかもしれない。綾瀬を見下ろした狩納の眉間が、ぐっと寄せられる。

「……なんだ、その面は」

自分は余程、驚いた顔をしていたらしい。

心なし下唇を突き出した狩納に、綾瀬は慌てて首を左右に振った。しかし、内心の動揺は消え去らない。

狩納は作ると、そう言った。まさか餃子を作る気なのか。

狩納が、餃子を。

胸の内で繰り返すが、ぴんとこないどころか一欠片《ひとかけら》も現実味がない。狩納自身の口から聞いたものであっても、とてもではないが、男が台所に立つなど考えられなかった。

「む、無理ですよ…！　俺が作りますから…」

思わず口にせずにはいられなかった言葉に、狩納の眉間がより深い皺を刻む。男の眼光が、真正面から綾瀬を捕らえた。

「無理ってなァ、なんだ。簡単なんだろ？」

確かにフードプロセッサーで野菜を刻むのも、挽肉を作って野菜と混ぜ合わせるのも、単純な作業だ。しかし慣れない人間にとっては、何事も手間だろう。

しかも狩納は、包丁さえろくに握ったことがない。勿論狩納は、要領がいい男だ。綾瀬より余程器用だろうが、台所作業が向いていそうかと言えば、返答に窮《きゅう》する。

「か、簡単ですけど、でも……」

尚も言い淀《よど》む綾瀬に、狩納が唇の端から犬歯を剝き出した。

「だったらいいだろ。どうやんのか、言え」

シャツの袖口をゆるめ、狩納が命じる。

男が本気であることを悟り、綾瀬は青褪《あおざ》めた。

無理だと、思わず口走った綾瀬の言葉が、男を刺激したことは明らかだ。

餃子を作ってやると、口にした当初の狩納は、さして本気でなかったのかもしれない。単なる思いつきを、綾瀬が真正面から否定してしまったのが失敗だった。

「狩納さ……」

「キャベツ、これで切んのか」

すでに綾瀬の言葉に耳を傾ける気のない狩納が、キャベツを鷲摑《わしづか》む。綾瀬が両手で抱えなければならないキャベツも、狩納は右手一つで易々《やすやす》と持ち上げた。

どうあっても、餃子を作るつもりらしい。

男の背中に、これ以上訴える言葉を持たず、綾瀬はふるえる指を握り締めた。

「……まず、手を、洗いましょう。俺、秤《はかり》を用意しますから…」

「おう。お前はじっとしとけ。俺が取る」

キャベツを調理台に置き、狩納が手を洗う。袖口を捲《まく》り上げ、綾瀬が言うまま秤を取り出す狩納は、一見事務所での姿と同じで手際がよい。

何事にも初めて、はあるものだ。狩納もこれまで台所に立たなかったのは、必要もなかったからだろう。だが意外にも、男には簡単なことかもしれない。

案外これは、上手《うま》くゆくのか。

大きく息を吸い、綾瀬は自分自身に言い聞かせるよう、キャベツの葉を取り外す指示をした。

「取《と》り敢《あ》えず、百五十グラム計って下さい」

どれくらいの分量を調理するか、思案する。

いきなりたくさんの食材を扱わせては、大変だろう。途中で飽きて手放すようなら、その時は自分が続きを引き受ければいい。

「少なくねえか」

みしりと響いた音に、綾瀬が視線を巡らせる。

見ればちまちまと葉を剝《は》ぐのに焦《じ》れたのか、狩納がキャベツを両手で摑み、割り開いた。

「…ッ！」

軋《きし》みを上げ、三分の一ほどに裂かれたキャベツの塊に、綾瀬は悲鳴を吞み込んだ。

どうやったら、キャベツを素手で割れるのか。驚く綾瀬に構わず、狩納がキャベツを秤に載せた。

奇《く》しくも、数字は百五十グラムと表示される。

「…キ、キ、キ、キャベツだけじゃなくて、ま、まだ、に、韮と豚肉を入れますから…。百五十グラム計ったら、次は韮を七十五グラム計って下さい」

無惨《むざん》な姿になったキャベツに青褪めながら、綾瀬は冷蔵庫から韮を取り出した。緑の濃い細長い葉を、狩納がどことなく不審の眼で見回す。

「細けえな」

長い葉が垂れるのも構わず、狩納が韮を秤に載せた。七十五グラムを少し越えていたが、綾瀬も口を挟まず、笊《ざる》を用意する。

「野菜を洗って、フードプロセッサーに入れて下さい」

水道の蛇口を捻《ひね》り、狩納が流水にキャベツを晒《さら》した。

洗剤に手が伸びたらどうしよう。内心焦《あせ》ったが、綾瀬の緊張に反し、狩納は流水でざぶざぶと野菜を洗った。

考えてみれば、小中学校で家庭科の調理実習をするのだ。実生活では台所と無縁でも、最低限のことはできるのかもしれない。

肩の力を解くよう努め、綾瀬はフードプロセッサーに金具を取りつけた。

「キャベツからか？」

「どちらからでもいいですよ。刻み終ったら、ボウルに入れて下さい」

大きめのボウルを用意しながら、狩納が透明容器にぎゅうぎゅうキャベツを押し込むのを確認する。

綾瀬ならば予め、キャベツを適当な大きさに切って入れたいところだが、ここは目を瞑《つむ》るしかない。

むしろここまで、多少大雑把《おおざっぱ》ではあれど、作業は順調に進んでいると言ってよかった。問題は、豚肉だ。どうやって脂身を取り除こうか。一番簡単なのは、脂身を混ぜたまま肉を挽いてしまうことだ。

少々健康に悪そうだが、狩納の頑健さを思えば、今夜くらいは許されるだろう。染矢が贈ってくれた豚肉も、脂身が少ないきれいなものだった。

「次は……」

豚肉を、冷蔵庫から出さなければ。

そんなことを考え、振り返った綾瀬の眉が、ぴくんと吊り上がる。思えば先程から随分長く、フードプロセッサーの唸りが続いているのではないか。

疑問に思い、綾瀬は狩納の体越しにフードプロセッサーを覗《のぞ》き込んだ。

「ち、ちょ……」

掻き混ぜられ続ける野菜片に、綾瀬が声を上げる。

透明容器のなかで、キャベツは文字通り粉微塵になり、回転を続けていた。

「と、止めて下さい…！」

綾瀬の制止に、狩納が正確に釦《ボタン》を操作し、機械を止める。十分すぎるほど刻まれたキャベツは、あまりにも細かい。それどころか刻まれすぎて、どろりとした水気が出ている。

どうしよう。

困惑に、脂汗が滲《にじ》みそうになる。

キャベツを見下ろしたまま硬直してしまった綾瀬に、狩納が眉を吊り上げた。

「どうした。これ、そいつに入れるのか？」

ボウルを顎で指され、綾瀬が体を弾ませる。

食べきれないっ

「そ、そうですが、あ…、その前に、野菜の水気を切らないと」

水っぽくなってしまったキャベツを、救わなければ。突き指をした中指のことなど忘れ、綾瀬はキッチンペーパーを取りに急いだ。

「水気？」

早々に飽き、苛立つのではと思われた狩納だが、怒鳴り散らしもせず容器を手にしている。熱意はありがたいが、やはりいきなり餃子を作らせるのは難しいのではないか。

そう考え、キッチンペーパーを手にした綾瀬は、今度こそ悲鳴を上げた。

「狩納さん…！」

見れば狩納が、粉砕したキャベツを掌に収め、絞っている。

それ自体には問題はないが、男の指の隙間から染み出る液汁の多さに、綾瀬は目を疑った。

ぼたぼたと、キャベツの水分が音を立ててシンクに落ちる。

「これでいいか」

無造作に腕を上下させ、狩納が最後にしたたった水気を切った。

銀色のボウルに落とされたキャベツは、大きな団子状に固まっている。ジューサーを使い、果汁を搾り取った後の林檎《りんご》や人参にそっくりだった。

どう、しよう。

立ちつくし、野球ボール大になったキャベツを見下ろす。キッチンペーパーの出番は、すでになさそうだ。

思いの外自分の仕事に得心がいった様子で、狩納は韮を引き寄せている。綾瀬が指示するまでもなく、流水で洗おうという勢いだ。

「に、に、に、韮は、刻む時間、二秒…くらいにしてみてもらえます…か？」

掠れた綾瀬の指示に、狩納が気楽に頷く。

後を綾瀬が引き継ぐと言っても、納得しそうにない。

息を呑む代わりに、綾瀬は塊になり果てたキャベツを見下ろした。


油の焦《こ》げる匂いが、台所に漂う。

ほんの少し胡麻油《ごまあぶら》の香りが混ざるそれは、食欲をくすぐる匂いだ。

「そろそろ、いいかもしれませんよ」

蓋の覗き窓から、綾瀬がフライパンの様子を窺う。フライ返しを握る狩納の手は、だらりと垂れ下がっていた。

「…焦げ臭くねえか」

火は止めたものの、狩納が蓋を外すことを渋る。

「さっき焦げたところを捨てたからですよ。なかのは焦げてませんよ……きっと」

きっと、とつけ足した綾瀬に、狩納が嫌そうに顔を歪めた。

しかしそんな表情にも、綾瀬はすでに臆《おく》さない。狩納の脇からフライパンを覗き込み、可能であれば自分で蓋を外したい気持ちだった。

眼を眇《すが》め、狩納がフライパンを見下ろす。

狩納が投げ出すことなく、餃子をフライパンに並べ、火にかけたのは奇跡と言えた。

野菜と豚肉をフードプロセッサーにかけ、それらを練り合わせるあたりまではまだよかった。

作業自体は実際容易で、狩納も興味本位も手伝って肉を細切れにし、捏《こ》ねた。調理台が肉の脂や、野菜屑《やさいくず》、小麦粉で汚れても、狩納は頓着などしない。しかし薄皮で肉を包む段になると、狩納の集中力も途切れ始めた。

普段ものすごい早さで札を繰る指も、破れやすい皮を整形するには不向きだったようだ。肉を少量掬《すく》う、という作業に始まり、掌とぬらした指先で繊細な襞《ひだ》を生み出す行程は、狩納でなくても初心者には難しい。

皮をぬれた指で重ねて摑んでは駄目にし、身を詰めすぎては破り、襞ではなく皺になる。五個も試みた段階で、狩納の眉間は険しくなっていた。

右手を怪我している綾瀬は、手伝いたくても手が出せない。

狩納が挽肉というより、ペースト状になった肉を捏ねているあたりから綾瀬の悲鳴は底をつきていた。上等な食材の見た目が悪くなってゆくのは勿体《もったい》ないが、狩納が激昂《げきこう》することもなく、餃子を作り続けているのだ。自分も悲鳴など、上げていられない。

手伝えない代りに、少しでも分かりやすいようにと思案しながら、餃子の包み方を伝えた。どうにか包み終えた餃子が、今フライパンで香ばしい香りを上げている。

舌打ちしたそうにしながらも、狩納がフライパンの蓋を外した。

蒸気がふわりと立ち上り、フライパンを覗き込む二人の頬《ほお》を撫でる。すぐに、狩納が顔を顰《しか》めた。

「……確かに、焦げちゃいねえけどよ」

フライパンを見下ろし、低く呻《うめ》く。

狩納が言う通り、あたたかな湯気を上げるフライパンの中身は、焦げてはいなかった。しかし狐色《きつね》に焼けてもいなかった。

黒と茶色の斑《まだら》になった薄皮が、べったりとふやけて浮いている。同じく茶色の焦げ色が移った挽肉が、フライパンの底で泳いでいた。

規則的に並べられた餃子の面影も、あるにはある。しかし大半の腹は割れ、水気の足りない野菜と挽肉とがフライパンにこびりついていた。

個々の皮に包まれていたとは思えないほど、それは大きな一つの挽肉と、小麦粉皮の塊になり果てている。

無言のまま、フライパンの柄を握る狩納の腕に、力が籠った。

「ま、待って下さい！」

フライパンを持ち上げた狩納を、綾瀬が引き止める。

「なにするつもりですか」

「捨てるに決まってんじゃねえか」

舌打ち混じりに、狩納が調理台脇のごみ箱を示した。

水分の足りないキャベツや、挽きすぎた豚肉の意味は分からずとも、この餃子の見た目の悲惨《ひさん》さは狩納にも理解できたのだろう。

調理は、失敗だったのだ。

そう決めつけ、ごみ箱を開こうとする狩納に、綾瀬は懸命《けんめい》に首を横に振った。

「捨てることなんかないです！　食べれますよ」

「なわけねえだろ」

手にしたフライパンを、狩納が改めて見下ろす。

くっつき合い、混ざり合ったそれは確かに、食欲をそそる形状とは言えなかった。むしろ明らかにその逆だ。

「キャベツと韮と、挽肉と胡麻油と塩胡椒《しおこしょう》しか入ってないんですから。食べられないわけないですよ」

どろりと混ざり合ったフライパンの中身から目を逸《そ》らさず、綾瀬が請け合う。

実際野菜がぱさつき、肉がやわらかすぎるかもしれないが、口にして危険なものはなにも入っていない。見た目の恐ろしさは否定できないが、それだけだ。

「だとしても明らかに餃子じゃねえだろ、これ」

心底嫌そうに、狩納が口元を歪める。

狩納が餃子を捨ててしまわないよう、綾瀬はそっと、フライパンの柄に手を添えた。

「餃子ですよ。……確かにちょっと破れちゃいましたけど、でも、餃子ですよ」

たとえ見た目が不格好だろうと、それに変りはない。慎重にフライパンを調理台へ下ろし、綾瀬は大きめの皿を準備した。

怪我をした右手ではフライ返しが上手く使えず、狩納の手を借りる。力の加減が難しく、ただでさえ脆《もろ》い餃子はぼろぼろと崩れながら皿に落ちた。

一層惨《みじ》めになった餃子と言うか餃子だったものに、狩納が顔を歪める。しかし綾瀬は、思ってもみなかった達成感と共に、それを見下ろした。

「……すごいですよね。狩納さんが作ったんですよ」

湯気を上げる皿を両手で持ち上げ、しみじみと呟《つぶや》く。

綾瀬が初めて調理場に立ったのは、いつだっただろう。やはり母と一緒だったはずだ。台所に立つ母の、丈の長いスカートの端を摑むのが好きだった。

手伝いと言うよりも、邪魔しかできなかったはずなのに、母と笑い合った印象しかない。祖母と肩を並べ、台所を使った記憶もそうだ。

たくさん失敗をし、たくさん注意も受けたが、胸に過《よぎ》るのはあたたかな感情ばかりだった。

思い出は、どれもやさしい。

その再現を、一人ではなく、誰かと共に行う。

微塵切りにしたキャベツの形状一つに声を上げる楽しみは、一人では決して味わえない。一人で台所に立つより、それははるかに新鮮な経験だった。

「考えてみると俺、誰かと一緒に料理作ったのなんか、本当に久しぶりで…」

すごく、楽しかったです。

一時間前には、想像もしていなかった幸福感を、綾瀬は素直に声に変えた。

見下ろす狩納の双眸が、舌打ちしたそうに歪む。

「……誰か、かよ」

毒づき、狩納の指が綾瀬の前髪を捉えた。低くなった声の響きは、忌々《いまいま》しげに歪められた唇ほどには、綾瀬を怯《おび》えさせない。

口のなかで、ちいさく舌が鳴らされる。

「狩……」

不意に屈み込んだ狩納の影に、綾瀬ははっとして後退《あとじさ》った。一呼吸早く、男の腕が掬い上げる動きで、綾瀬が手にした皿を支える。

狩納の左手は、まだフライ返しを握ったままだった。

「…わ…」

退路を求めた綾瀬の腰が、調理台にぶつかる。逃げ場を失った綾瀬の眼前に、低く腰を落とした狩納の視線が迫った。

調理中は全く意識していなかった狩納との距離が、唐突に縮まる。突然押し寄せた緊張に、顎が強張《こわば》った。

ぬっと伸ばされた狩納の舌の赤さが、目に焼きつく。反射的に瞼《まぶた》を閉じると、間を置かずぬれた舌先が頰に触れた。嚙《か》み締めていた奥歯のあたりに、べろりとあたたかな舌が滑る。

「っ……あ…」

そんな場所を舐められる理由が分からず、声が出た。咄嗟《とっさ》に手の甲で、ぬれた頰に触れる。

「……小麦…粉…？」

皮膚をこすると、狩納の唾液と共に微《かす》かに白い粉が手を汚した。

驚きに意識が逸れた瞬間を、狩納は逃したりしない。手にしていたはずの大皿を奪われ、綾瀬はもう一度声を上げた。

「やっぱりこれ食うの、やめろ」

息がかかる距離で、狩納が唸る。綾瀬よりはるかに長い腕が、皿を調理台へ追い遣った。

「狩納さ……」

終わりまで声にすることも、男の胸板を押し退《の》けることもできない。フライ返しを放り投げた狩納が、身を捻ろうとした綾瀬の腰を捕らえた。

真正面から見下ろされ、息が詰まる。

「それより別のもん、食わせろよ」

飢えた眼の色で囁《ささや》かれ、綾瀬は悲鳴を呑み込んだ。


剝き出しの下肢に感じる冷たさに、びくっ、と体が竦む。

そのたびに大きな掌が、宥めるよう膝頭を撫で、脹《ふく》ら脛《はぎ》を撫でた。薄く汗を浮かべた肌をさすられると、どうしても体が竦んでしまう。結局ふるえ続ける羽目になる綾瀬の肢体に、狩納は眼を細めるばかりだ。

「う……」

身動いだ拍子に、上半身を支えていた右腕が、かくんと折れる。

調理台に座らされた姿勢から、綾瀬の上半身がさらに深く、仰向《あおむ》けに崩れた。幅の広い調理台は、小柄な綾瀬が腰をかけても、背面に十分な余裕がある。それでも肘までもが台へ落ちると、肩と後頭部が背後のブラインドに触れた。

「大丈夫か」

ちいさく笑った男が、大きな掌で綾瀬の体を引き寄せる。窓に頭をぶつけることから免れても、体が力を取り戻すことは叶わなかった。

左の肘も、調理台に落ちてしまう。

辛《かろ》うじてシャツ一枚を羽織っていた肘に、調理台の冷たさを新しく感じ体が跳ねた。台の端に引っかけた踵《かかと》までもが、連動して動く。

調理台に尻を据え、上半身を半ば崩す姿は、それだけで屈辱的だ。だがそれ以上に、両足を床に垂らすことを禁じられ、大きく開かれた股間が恥ずかしい。

両足の踝《くるぶし》を調理台に載せると、膝の位置が高くなり、内腿《うちもも》の奥までもが男の眼に明らかになった。

「や……、下ろ…し…」

膝をふるわせ、綾瀬が細い声を絞る。

一人だけ、高い場所に載せられているという状況も恥ずかしい。調理台からはフライパンも皿も、全て取り除かれている。フードプロセッサーだけはシンクの脇に残されていたが、綾瀬の手足がぶつかる畏《おそ》れはなかった。

しかしこの場が、綾瀬が毎日立ち入る台所であることに変りはない。つい先程まで野菜を刻み、小麦粉が散った台に、裸の尻を載せているのだ。そして明日もまた、同じ台所に立つことを考えると、いたたまれなさに涙が滲む。

「床がいいのかよ」

耳元に寄せられた狩納の唇が、意地悪く歪んだ。

冷たい床に視線を投げられ、綾瀬が息を詰める。調理台に載せられていることも辛いが、床に下ろされることを考えるとそれもまた受け入れがたい。

そもそも体へ触れてくる狩納の指に、戸惑いを拭うことなど不可能だった。

「違……」

辛うじて絞り出した声に、狩納が息だけで笑う。今日の狩納は、ひどく機嫌がよかった。

「だよな。ここの方が、片づけも楽そうじゃねえか？」

自分では台所の片づけなど絶対にしたことがないだろうくせに、そんなことを口にする。同じ唇が、試すように綾瀬の膝頭に歯を立てた。

じわり、と硬質な痛みが染みたが、それはすぐに熱に擦り替えられる。

「…あ……」

ちいさな膝頭を舌で舐めながら、狩納が腿の内側をさすった。大きく開かされた自らの股間からは、どうしても視線が逃げる。それでも狩納の指が行き着く先は、想像がついた。

期待、なのかもしれない。

自分の考えに、ぶる、と脹ら脛が引きつりそうになる。

「汚れちまったな」

狩納の掌が、汗とは違うぬめりで滑った。

つい今し方、綾瀬が吐き出した精液だ。狩納の指と舌先とでいじられ、綾瀬は呆気《あっけ》なく射精した。股間や下腹を汚した精液を、狩納が揶揄する。恥ずかしさに内腿が一層緊張して、性器までがじわりと痺れた。

射精後もいじられ続けた性器は、再び健気《けなげ》に熱を持ち始めている。

狩納はぬれた性器の様子に視線を這《は》わせながらも、すぐにそこへは触れなかった。

「気持ち悪くねえか？」

垂れた精液は、尻を置いた台にも飛んでいる。

綾瀬の体温を吸った台はなまぬるい。そんな肌と台の間に、ぬるつく体液が溜まるのは、心地好いものではなかった。

しかし気持ち悪いと訴えようにも、口を開けば恥ずかしい声がもれてしまいそうだ。

「……っ、は、あ……」

内腿を下りた狩納の指が、陰囊《いんのう》を掠める。色づいた性器の先端が、ぴくん、と誘うように揺れた。

「ここはどうだ？」

尋ねた狩納の指は、やはり性器へは触れて来ない。代わりに、陰囊からその奥の粘膜までの薄い皮膚を、指の腹でこすられた。

「い……っ……」

ぬれた指が、張り詰めた皮膚をこすり、尻穴で止まる。射精を誘う刺激の強さに、狩納の指を押し当てられた粘膜がきゅっ、と口を窄《すぼ》めた。

「気持ちよくなれそうか？」

低く、狩納が尋ねる。

締まった粘膜の入り口をぴたぴたと指の腹で叩かれ、綾瀬は首を横に振った。狩納に応えるためと言うより、懇願の動きだ。

「…ぅ…」

「どうしてだ？　あんまぬれてねえからか？」

尻穴に押しつけられた指が、ぐっと入り込む。狩納が口にした通り、尻の間で息づく粘膜には十分な潤いがない。

射精を促される際、狩納の指を一本だけ呑み込んだが、それも苦しかった。唾液と綾瀬の精液で辛うじてしめるその場所を、狩納の指が押してくる。

「あ…っ…」

「確かにきつそうだな」

分かりきっているはずなのに、わざとらしく嘆息する狩納に涙が滲んだ。無理だと思うのならば、このままやめてもらえまいか。

無駄だと分かっていても、懇願が胸に湧く。

「舐めてやろうか？」

「……や……」

「舐めるだけじゃ、足りねえか？」

薄く笑う狩納が、人差し指と中指とで粘膜を割った。引きつれる感覚に、体が緊張する。

「ぅ……っ…」

「じゃあどうすんだ。他に使えそうなもん、なんかねえのか」

どうしても体を繋《つな》ぐと言うのなら、こんな場所でなく寝室へ移動した方がまだいい。そう願う反面、なにかないか、と問われると、綾瀬の脳裏を過るものがあった。

以前同じように、なんの用意もなく台所で裸に剝かれた際、狩納が選び出したオリーブオイルだ。

「…っ……」

自らの想像に、熱で濁る意識が一層眩《くら》む。

オリーブオイルの瓶を目にするたび、あの時の記憶が蘇りいたたまれなさに苛《さいな》まれ続けた。今でも瓶を手にしがたく、別の容器に移し替えて使っているほどだ。

「前、使ったやつあったろ。あれ、どこだ」

綾瀬の胸の内を見透かしでもしたかのように、狩納が尋ねた。ぐっと心臓が萎縮《いしゅく》して、台から尻が浮きそうになる。

「あ…ッ……」

応えようとしない綾瀬に、粘膜をいじる狩納の指に力が加わった。

「…痛…ぁ……」

「ねえのか?」

重ねて問われ、綾瀬が首を横に振る。

綾瀬が口を開かなければ、狩納はこのまま、十分に潤わない場所を押し開くだろう。考えるだけで恐ろしい。綾瀬の怯えを肯定するように、狩納の指の腹が、粘膜の内側を引っ掻いた。

「いっ……」

ぴりりと走ったちいさな刺激に、顎が上がる。太い指が弾力を確かめるよう、粘膜の浅瀬でぐるりと動いた。

「ねえならこのまま、突っ込むしかねえなァ」

仕方なさそうに、狩納が綾瀬の腰を支え直す。男の指先に躊躇《ちゅうちょ》のない力を感じ取り、綾瀬は声にならない悲鳴を上げた。

「……ぁ、ま…、待っ……」

辛うじて、懇願を絞る。

浅い息遣いを、自分ではもう制御できなかった。

「…し、下……、棚、の……」

苦しみながら声を押し出すと、眦《まなじり》からなまあたたかい涙が伝う。息だけで笑った狩納が、舌を伸ばし、ず、としずくを啜り上げた。

「この棚か?」

調理中と同じ調子で尋ねられ、ただ頷く。

がたがたと金属や硝子類がぶつかる音がするたび、綾瀬は体を竦ませた。

「こいつでいいのかよ」

立ち上がった狩納を、ぬれた視界で恐る恐る見る。

その手には、黒い硝子製の瓶がつままれていた。間違いなく、綾瀬がオリーブオイルを移し替えた三角錐《さんかくすい》型の瓶だ。

「う……」

頷くこともできない綾瀬の目の前で、狩納が瓶の蓋を抜く。鼻先へ瓶を突きつけられると、まだ新鮮なオイルの香りが触れた。

「こいつでぬらせば、入りそうか？」

尋ねた狩納が、綾瀬の指を絡め取る。

仰向けに崩れそうな体ごと引き寄せられ、左手にずっしりと重い瓶を握らされた。

手のなかの瓶の意味が理解できず、頼りない視線を彷徨《さまよ》わせる。自由になった狩納の指が、今度は両手で綾瀬の粘膜を割り開いた。

「…っ…、は……」

触れられないままの性器ごと、しめった場所が弾み上がる。取り落としそうになった瓶を、綾瀬は懸命に握り締めた。

「好きなだけ垂らしていいぜ」

「な……」

顎先で促され、愕然《がくぜん》とする。

恥ずかしい場所へ塗り広げるため、狩納の手に油を注げと、そう言うのか。あるいは、直接自分の股間へ垂らせ、と。

手のなかの瓶の重みを途端に恐ろしいものに感じ、綾瀬は指先を引きつらせた。危うく指から滑り落ちそうになった瓶を、寸前で狩納が支える。

覗き込む双眸が、にやりと笑った。

「左手は突き指してねえだろ？　床に撒《ま》くんじゃなくて、お前が痛くねえようにぬらすんだ」

囁きながらも、粘膜を開く狩納の指の動きは止まらない。充血した粘膜の縁を、二本の指で外側に引かれ呻きがもれる。

剝き出しにされた粘膜が、ひくりと竦んだ。

逆らうことは、できない。

新しい涙が込み上げ、綾瀬は籠る息をしゃくり上げた。従わなければ、狩納はどんな恐ろしいことでも実行できる。怯えと同量の痺れが、じわりと腰骨から背中を舐め上げた。

「ぅっ……」

冷えきった指先が、恐る恐る瓶を持ち上げる。

普段は何気なく扱う硝子瓶が、ひどく重いものに感じられた。わずかに傾けた瓶の口から、きれいな色のオイルがこぼれる。

「あっ……！」

高い声を上げ、綾瀬はびくんと腰を波打たせた。

冷たいしずくが、腹に落ちる。予想以上の冷感に、腹筋と共に反り返った性器が、びくついた。

「……う…ぅ…」

「いいのかよ、んな場所ぬらすだけで」

指摘され、新しい涙が眦にあふれる。

からかわれてもオイルを垂らすべき場所を、自分の目で覗き込めない。狩納の手にオイルを注ぎ、塗り込んでくれるよう頼むことなど、論外だ。

呼吸に合わせ上下に動く綾瀬の腹部を、体温を吸ったオイルがぬるく流れた。

「……は、…ぁ…」

堅く目を瞑り、もう一度、瓶を傾ける。たっぷりとこぼれたオイルが、今度は性器へとしたたった。

「ああ…っ…！　あ…」

冷水を浴びせられるような刺激に、がちん、と奥歯が噛み合う。実際それほどの冷たさがあったわけはないのだが、上昇した綾瀬の体温に、オイルはひどく冷たく感じられた。

「…は、……あ…ァ…」

性器をぬらし、体毛をぬらしたオイルが、とろとろと尻まで垂れる。狩納の両手で割り広げられた場所が、ぐちゅ、と粘ついた音を立てた。

「ひ……」

左右から二本の指が、強い圧迫を伴い入り込む。

深い。

苦しさに唇が開いたが、痛みはわずかだった。指の動きを助けるのは、綾瀬自身が注いだオイルだ。

「ぬらしすぎなんじゃねえのか。べとべとだぜ？」

覗き込み、狩納が囁く。

男の言葉通り、綾瀬の尻は注がれたオイルでぐちゃぐちゃだ。台と皮膚の間に油の膜ができ、尻が滑る。後方へ逃げようとする綾瀬の腰を許さず、狩納の指が粘膜を進んだ。

「…ぃ…、あ、は……」

引き出された指の隙間から、もう一本指が入り込んでくる。

広げられる苦痛に、声がもれた。

三本に増えた指が、粘膜を揉《も》むように曲げられる。圧迫される苦しさと、どろりとした熱とが腹の底で混ざり合った。鳥肌が立つような痺れが、ぞくぞくと性器をふるわせる。

「ああ……っ」

曲げられた形のまま、狩納の指がごりごりと粘膜を掻いた。くぷん、と軽い音を立てて、指が抜け出る。間を置かず、再び指を突き入れられ、綾瀬は立て続けに声を上げた。

「すげえな。奥までぬれてるじゃねえか」

教えるように、掌を広げた狩納が奥の方で指を回す。

深い場所まで押し入れられる苦しさに、性器へ響く性感が増した。

「…ひぁ……あ…」

大きく綾瀬の体が引きつるたびに、内部を掻き回す指が逸れ、決定的な刺激を避ける。引き伸ばされる苦しみに、広げられた膝が上下に揺れた。

「ずっぽり入るぜ？」

言葉にされなくても、ひっきりなしに上がる音がそれを知らせる。狩納が指を引き抜くと、オイルばかりでなく、粘つく体液が粘膜からあふれた。

「う……」

「こっちも、すげえな」

初めて気づいたとでも言うように、狩納が充血した性器の先端をつまむ。つるりとしたオイルのぬめりを、硬い指が割れ目へと擦り込んだ。体液を混ぜるように引っ掻かれ、悲鳴じみた声が出る。

「…や……っ…」

射精してしまいそうな刺激に、綾瀬が必死で息を詰めた。

がたん、と堅い音が響き、悲鳴ごと体が弾む。調理台から床へと、オイルを入れた瓶が落ちたのだ。瓶を握っていたはずの指がいつ解けたのか、まるで分からない。気がつけば、起こしていたはずの背もまた調理台に崩れ落ちている。

「こんなにぬらさねえと、お前気持ちよくなれねえんだな」

床にこぼれた油など気にも留《と》めず、笑う声が左耳を囓《かじ》った。微かな痛みに声が出るが、性器をいじる狩納の指に意識が集中してしまう。自分がどれほどいやらしい行為に没頭しているのか、考えるのも怖かった。

食事を作る場所に転がり、口に入れるのと同じ油で下肢を汚している。それなのに熱は治まるどころか、てらてらとぬれて光る先端からあたたかい蜜をこぼした。

「あ…っ……っ…」

蕩《とろ》けきった尻の間に、弾力のある肉が当たる。

不自然に折れ曲がった姿勢から、綾瀬ははっとぬれた視線を巡らせた。いつの間に取り出されたのだろうか。反射的に目にした自分の股間に、恐ろしい形をした狩納の性器が擦りつけられていた。

「…待……」

幾度も目にしてきたものでありながら、恐ろしさは消えない。

腿の内側にさっと鳥肌が立ち、その感触を痺れるような性感が追いかける。ひくついた綾瀬の粘膜を、狩納の性器がずる、と前後にこすった。

「ん、ぁ…」

「折角、んなにぬらしたんじゃねえか」

待てるわけが、ない。

笑った狩納の性器が、ぐぷ、と音を立てて入り込んでくる。

「あ…っ、あッ、…あ……」

浮き上がりそうになる腿に、オイルで汚れた指が食い込んだ。

太い指の強さも、伸《の》しかかる男の体の重さも、痛くて苦しい。だが全ては、粘膜をこすり上げる圧迫感の比ではなかった。

ぐちゅ、と水っぽい音が上がる。

ゆるく狩納が腰を揺するたび、圧倒的な塊が直腸を開いた。やわらかく揉みほぐされた粘膜が、ぴったりと狩納の性器に貼りついているのが分かる。不用意に動けば、簡単に裂かれてしまいそうだ。

綾瀬の恐怖とは無関係に、広げられた肉が深い場所まで陰茎《いんけい》を呑み込む。最も太く張り出した場所がくぐってしまえば、後は狩納の思うままだった。

「…は、…ァ……」

閉じられない唇から、悲鳴じみた音が出る。

綾瀬の意志とは、まるで無関係だ。狩納が腰を引き、また突き入れると、肺から空気が押し出された。

「ローションより、こっちのが好きか？」

動きを止めず、狩納がオイルで滑る粘膜の入り口を撫でる。

「あぁっ！」

太すぎる男の肉をくわえ込まされた穴はぴっちりと開かれ、皺が伸びきっていた。張り詰めた肉を指の腹でいじられると、全身に鳥肌が立つ。

窄まろうとする穴をこすり、性器がぬるぬると動いた。性器に絡む粘膜が、その動きに引き摺《ず》られ摩擦される。

「……っァ…」

のたうつ綾瀬の脇腹を、大きな掌が宥めるように撫でた。狩納の手がオイルを塗り広げると、びくびくと体が竦む。

性器を呑み込んだ直腸もまた、同じ動きで男を締めつけた。

「内部《なか》、動いてるぜ」

ひそめた声が、肌の真上に落ちる。

皮膚を隔てた肉の内側に、響きは直接染みるようだ。折り曲げた体が引きつって、なんの前触れもなく下肢の熱が弾けた。

「ひ…ぁ……」

蜜をこぼして揺れていた性器が、為《な》す術《すべ》もなく射精する。オイルで光る腹へ、白い精液が勢いよく注いだ。

「…は…、あ、ぁあ……」

涙が、こぼれる。

泣き声のような声がもれたが、揺すられる体の動きは止まらない。射精の衝撃のまま、筋肉が収縮する。奥深くに呑み込んだ性器の形まで、分かるようだ。

「狩……、あ…」

辛うじて口にした名が、尚も揺すり上げてくる男の動きに途切れる。逸《はや》る呼吸のせいか、あるいは収まらない射精感のせいか、強張る尻が断続的に性器を締めつけた。射精直後の体に、そこから伝わる圧迫はたまらなく苦しい。

だが体の力を解くことも、深い律動から逃れることもできなかった。

「締めすぎだ、お前」

狭い場所で腰を回されると、ぐぷ、と空気を潰す音が鳴る。恥ずかしくて息を詰めると、入り込んだ先端が敏感な肉を圧した。

「…や…、も……」

尻が浮きそうで、泣き声がもれる。ひく、と、啜り上げた綾瀬の首筋を、狩納の舌が舐めた。

「まだ入ったばっかだぜ?」

揶揄し、腰を突き上げる男の性器は、硬く、そして熱い。

「は…、あ…ぁ…、狩……」

投げ出されていた指先が、脇腹を撫でる男の腕に当たる。

包帯を巻いた指先で、綾瀬は触れたシャツを摑んだ。厚く巻いた布越しの感覚が不安で、指が痛むのも構わず力を込める。

「あっ…」

ちらりと視線を巡らせた狩納が、シャツを握るその指を解いた。

振り払われるのか。

胸を過った不安に、またしても男を呑み込む粘膜がきゅ、と締まる。しかし指が再び台に落ちるより、狩納の手が綾瀬の腕を捕らえる方が早かった。

「…狩…納さ……」

吐息ごと、声が男の唇に呑み込まれる。

身を乗り出した狩納の口が、唇を塞いだ。

引き寄せられた体と、奪われた呼吸に肺が軋む。苦痛は明確にあったが、綾瀬は男を押し返すことをしなかった。

「後で包帯、巻き直さねえとな」

荒い息遣いを自分の唇に感じ、細く呻く。密着した場所の全てが熱くて、ぶるっ、と全身が跳ねた。

「…あ…ぁ……」

狩納の言葉が実行されるまで、あとどのくらいの時間が必要なのか。考える思考も保てず、綾瀬はただ声を上げた。


週が明けた最初の日は、いつだって少し慌ただしい空気がある。

そんな日に、昼間から冷えたビールを取り出すのは後ろめたく、同時にどきどきもした。

「すごーい！　お店屋さんの餃子みたい」

食卓に並んだ皿を前に、染矢が感嘆の声を上げる。

社交辞令だと分かっていても、褒めてもらえるのはやはり嬉しい。冷えたグラスにビールを注ぎ、綾瀬は照れたように視線を伏せた。

「口に合うと、いいんですが」

肉厚の陶器の皿には、焼き色もうつくしい餃子が盛られている。

放射状に並べられたそれは、大輪の花のようだ。香ばしい香りを上げる餃子に、染矢がうっとりと息を吐く。

「食べるのが勿体ないくらい。でも冷めちゃうともっと勿体ないから、遠慮なくいただきます」

ほっそりとした両手で、染矢が優雅に合掌した。箸《はし》を手にする動きも、染矢の所作はどれを取っても非の打ち所がない。きれいに揃《そろ》った指先で箸を操り、端の餃子をつまみ上げた。

醤油《しょうゆ》を落とした小皿に受け、口元へ運ぶ。

餃子を咀嚼《そしゃく》する染矢の唇を、綾瀬は息を詰めて見守った。

「……おいしい…！」

ごくん、と餃子を呑み込んで、染矢が目を瞠る。

飾り気のない賛辞に、ほっと綾瀬の瞳がゆるんだ。

「よかった……」

大きく息を吐いて、自分も向かい合わせの席に座る。黒い塗り箸で、綾瀬もまた餃子の一つを皿に取った。

均一に寄せられた襞も、斑《むら》のない焼き色も、見た目はまずまずの出来だ。破れた餃子が一つもないことにも、胸を撫で下ろす。薄い皮を透かして、キャベツの瑞々《みずみず》しい色合いが窺えた。

「本当においしいわよ、これ。先週食べに来られなくて残念！」

快活に箸を動かしながら、染矢が唸る。

先週訪れるはずだった染矢の予定は、結局一週間近く繰り下がった。夕食だった約束を昼食に切り替えたが、冷えたビールは健在だ。

水滴を纏《まと》ったグラスから、染矢がおいしそうにビールを飲む。綾瀬の手元にも、ちいさなグラスにビールが注がれていたが、やはり染矢はなにも言わなかった。

「染矢先生にお変わりがなくて、ほっとしました」

深く吸い込んだ息を、綾瀬がそっと吐き出す。

先週染矢が実家へ呼び戻された理由は、家族の体調不良ではなかったらしい。驚いたが、それはなにより綾瀬を安心させた。

「心配させちゃって本当にごめんなさいね。親父もぴんぴんしてるわ。行ってびっくりよ。あの人たち、ほんと下らない用件で、大袈裟に人を呼び出すんだもの」

腹立たしげに、染矢が切れ長の眦を吊り上げる。しかし言葉ほどに、立腹しているわけでないことは明らかだ。

聞くところによると、呼び出しの理由は父親の愛車に関するものだったらしい。重大な呼び出しだと思ったからこそ、染矢も慌てて実家へ戻ったのだろう。しかし顔を出してみたら、それは駆けつけなければいけないほどには深刻な事態ではなかったようだ。

染矢の父親は厳しいが、公平な人だ。そんなところは少し、染矢に似ている。染矢がこんな憎まれ口を叩くのは、全て心配の裏返しだろう。ファザコン、と称した狩納の意図は綾瀬には計れないが、染矢が家族を大切にしているのはよく分かった。

「ドタキャンしちゃった埋め合わせは、必ずさせてもらうから許してね」

何度目かの謝罪に、綾瀬が大きく首を横に振る。

もし予定通りに染矢が訪ねてくれていても、突き指のせいで包丁を握れなかったかもしれない。綾瀬の不注意が招いた怪我は、その後も四日ほどちいさな痛みを残した。幸い今は痛みも治まり、包帯や湿布も不要になっている。

「そんなこと気にしないで下さい。俺の方こそ、たくさん野菜いただいちゃってすみませんでした」

「なに言ってるの！　私、こんなにおいしい餃子ご馳走《ちそう》になってるのよ！」

ぱくぱくと、染矢は本当においしそうに餃子を口へ運んでくれた。

今食卓に並ぶ餃子の材料は、全て狩納が購入したものだ。先週染矢が贈ってくれたキャベツや豚肉は、週が終わる前にきれいになくなった。

「まだたくさんありますから、食べて下さいね」

台所に目を向け、綾瀬も一口ビールを飲む。

食材の気遣いは無用だと伝えたが、今回染矢が持ち込んでくれたのがこのビールだ。評判のいい地ビールだそうで、癖《くせ》のない味わいが餃子によく合った。瓶の意匠も洒落《しゃれ》ていて、百貨店の酒店でも一度も見かけたことがないものだ。

「嬉しい！　これ、本当に幾らでも入りそうね」

歓声を上げ、染矢が箸でつまんだ餃子をまじまじと見た。ぱりっと焼けた餃子は、どれも角が張って形もよい。綾瀬も湯気を上げる餃子を、口へ運んだ。

べたつきのない皮の食感が、歯に快い。嚙むと肉汁と共に野菜の旨味《うまみ》が口腔《こうくう》に広がった。

「大蒜《にんにく》とか入ってないですから、匂いもあんまり気にならないはずですよ」

鼻に抜ける野菜の風味を感じながら、綾瀬がもう一つ餃子をつまむ。

「へえ、そうなの。珍しいのね」

「油を大蒜で香りづけして、焼いてもいいのかもしれませんが…。胡麻油が入ってるから、このまま食べきれないっでも香ばしいかなと思って」

大蒜を入れるより、綾瀬はこちらの方が食べやすくていいと感じている。しかしそれも、好みの問題だろう。野菜の量も、肉の量も、祖母と試行錯誤した結果の配合だ。

それぞれの分量だけでなく、材料の状態によっても当然味は変わってくる。今後も改善の余地はあるだろうが、それにしても今日の餃子は、なかなかよくできたと自分でも思えた。

マンションの調理器具は、火力が強い。焦げつく前に一息に加熱して、素材の味をそのままに活《い》かす。フードプロセッサーによって材料を均一に刻めるからこそ、具の食感に偏りがなかった。

やはり、豚は脂身を取り除いてから刻んだ方が、仕上がりがいいと思う。成功点や失敗点の一つ一つに、綾瀬は生真面目に頷いた。

「羨ましいわ。狩納の旦那は、いつでも綾ちゃんにこんなおいしい餃子作ってもらえるんだもの」

ぐっとビールを煽《あお》り、染矢が恨みがましい声を出す。狩納の名を耳にして、綾瀬は大きな瞳で染矢を見た。

「餃子は、俺じゃなくて狩納さんも上手ですよ」

その声は、どこか自慢気な響きを帯びていただろうか。我がことのように、嬉しげに唇を綻ばせた綾瀬を染矢が怪訝そうに見た。

染矢がすでにビールを飲み下していたのは本当に幸いだった。そうでなければいかに優雅な染矢と言えど、それをだらりと口から吐いていてもおかしくなかっただろう。

「……なんの話？」

長い沈黙の末、染矢が唸るように尋ねた。自らが耳にした言葉を、敢えて理解したくないと言いたげな声だ。

「狩納さん、餃子を作ってくれるんですよ」

控え目ながら胸を張った綾瀬に、今度こそ染矢の眉間が険しく歪む。射殺されそうな眼光の鋭さに、さすがに綾瀬もびくりとした。

「はぁぁあああ？」

吐き出された染矢の声音からは、いつもの涼しげな響きが失せている。美貌と声の荒々しさの差異に、今度は綾瀬が自らの耳を疑った。

「そ、染矢さ……」

「なに冗談ぶっこいてんのよ。狩納が餃子を作るですって!?　餃子よ、餃子！　餃子が狩納を作れても、狩納が餃子を作るなんてあり得るわけないじゃない！」

「ぎ、餃子が、狩納さんを…？」

「あいつが生産できるのは、不幸な人間だけって相場が決まってるでしょ？　いい、綾ちゃん。餃子はねえ、人間の食べ物なのよ？　そんなものどうやったら狩納が作れるって言うのっ！」

人間の食べ物である餃子が、狩納を生産することはもっと不可能なのではないか。そう思っても、染矢の剣幕《けんまく》は綾瀬に発言を許すものではなかった。

「でも……」

「冗談にしても、そんなこと言うもんじゃないわ。鳥肌立っちゃうじゃないッ」

「……ほ、ほ、本当、なんです……」

弱々しく声を上げた綾瀬に、染矢の顔が益々《ますます》青褪める。

染矢がこれほど驚くのも、無理ないのか。綾瀬もあの日、台所に立つ姿を見るまで、狩納が料理をするなどあり得ないことだと考えていた。実際今でも、狩納が自主的に調理台に向かうとは、信じがたくもある。

狩納が初めて作った餃子は、お世辞にも立派とは言えなかった。焦げて形が崩れ、狩納自身その出来映えに辟易《へきえき》していた。だが綾瀬にとっては、色形など問題ではなかった。

共に台所に立ち、狩納が作り上げてくれた餃子なのだ。

狩納は捨てろと言ったが、勿論綾瀬は嬉しく食べた。

焼き上げた後すぐに夕食にできなかったため、餃子が硬く冷えていたことを思い出すと、その点だけは身の置き所がなくなる。

胡麻油の香りが残り野菜屑が散る台所で、自分たちがなにをしたのか。そんな記憶までもが蘇りそうで、綾瀬は慌てて首を左右に振った。

そうでなくても調理台を目にするたび、耳の裏側のあたりにちりりとした熱が過る。皮膚の真上で狩納に囁かれたり、触れられたりした場所から不意に走るのと同じ、電流のような痺れだ。

調理台に載せられ裸に剝かれた体は、ずっとそうしたなまぬるい疼きのなかにあった。忘れようとしても、執拗《しつよう》に繰り返された交接は脳裏から消えてはくれない。

磨き上げられた台が視界に入るたび、足がふるえそうになった。耳まで赤くなる綾瀬に、きっと狩納は気づいているだろう。ビールを片手ににやにやと笑われたこともあったが、狩納は敢えてその理由を指摘してこなかった。そうした意地悪さが、却《かえ》って綾瀬の羞恥を煽ることを知っているのだ。

床に落ちたオリーブオイルの瓶を拾い上げたのも、狩納だった。

厚く頑丈な瓶は、フローリングの床に落ちても割れたりはしなかった。いっそ割れていたら、捨てる決心もついただろうに。

綾瀬の羞恥を知って、狩納は容器を取り替えることもさせず、黒い瓶を作業台に置いた。

「……狩納が、餃子……ねえ……」

地を這うような低い声で繰り返し、染矢がビールを飲む。

「……なんのために？　っていうか、天変地異の前触れ？　チルド？」

ぶつぶつと呟く言葉は、綾瀬への問いかけではないのだろう。自分自身につきない疑問をぶつけても、答は一向に見出せないようだ。

「冷凍食品とかじゃないんですよ。フードプロセッサーを使って、これと同じ調理法で……」

「きゃーっ！　もう勘弁してよ綾ちゃん！　そんな恐ろしい話っ！」

唐突に悲鳴を上げて、染矢が勢いよく頭を振る。

耳を塞いで取り乱す染矢に、綾瀬はどうしていいか分からず、取り敢えず冷えたビールを注ぎ足した。

「こ、怖い話なんかじゃ……」

「これが怖くなくて、なにが怖いのよ！　包丁握らなくても、狩納は死体の山くらい幾らでも作れるわよ？　でも食べ物なんてあり得ないでしょ。冒瀆《ぼうとく》よ冒瀆」

冒瀆、と繰り返す染矢は、すでに自分でもなにを否定しているのか、よく分かっていないのかもしれない。それくらい、餃子を作る狩納の姿は染矢を動揺させたのだろう。

「ちゃんと…食べられる餃子ですよ？　そりゃあ、最初は…ちょっと……失敗、したこともありましたけど」

ちょっと、と言葉を選び、綾瀬は狩納が初めて焼いた餃子を思い返した。

水気がほとんどなくなったキャベツは、さすがに旨味に欠けていた。韮は比較的状態よくフードプロセッサーから取り出されたが、やはりぎゅっと絞られ、水気が飛んだ。

「……最初……って、どういうこと…？」

ぴく、と肩をふるわせた染矢に、綾瀬が素直に首を傾《かし》げた。

「どうって…初めて作った餃子は、って意味です。あ、勿論、失敗って言っても、ほんの少し、形が崩れちゃっただけですよ。でも、最近の餃子は……」

「ちょっと待って」

綾瀬の言葉を、染矢が凜《りん》と遮《さえぎ》る。

思考がついていかないとでも言いたげに、染矢は右手を上げて額を押さえた。

「そりゃあ百歩譲って、狩納だって頭の配線がいかれて一生に一回くらい、餃子作るなんて暴挙に出るかもしれないわよ？　でも、何回も作るなんてそんなこと、あり得ないでしょう」

「そ、そんな……。熱心に作ってくれますよ。毎日」

毎日。

はっきりと発音した綾瀬に、染矢が声もなく双眸を見開く。

「……毎日…？」

茫然とこぼされた声は、乾ききった風のようだ。深く、綾瀬は頷いた。

「本当に熱心なんです。すごいんですよ、狩納さん、上手になったんですから」

実際狩納の熱意には、驚くばかりだ。

最初の餃子の出来が、余程不本意だったのだろう。狩納は自分が作った餃子を一口口にするなり、捨てろ、と唸った。だがどんなに恫喝《どうかつ》しても、綾瀬が餃子を食べるのをやめないと知ると、狩納は次の夜もキャベツを刻んだ。

以来九日間、狩納は毎晩餃子を焼き続けている。

「…綾ちゃんは、毎日狩納のクソ不味《まず》い餃子責めだったわけ？」

「不味いなんてことは……」

染矢が言う通り、確かに綾瀬もまた九日間、狩納が作った餃子を食べ続けてきた。

同じ献立が続くと食生活が偏りそうだが、狩納の熱意に水を差す気にはなれない。突き指をしていた数日間は、狩納の餃子に助けられた。

そうでなくても、少しずつではあるが上達してゆく狩納を間近で見られるのは楽しい。

最近の狩納は、餃子を五十個作れば、三分の一は破れたり型崩れせずに皿に並べられた。フードプロセッサーで野菜を刻む加減も、四回に一回は成功する。水切りや、餃子の成形には不安が残るが、そのあたりは目を瞑ってもいいだろう。多少見た目が悪く、味が不安定でも、そんなことは問題ではないのだ。

「ごめんなさいね、私。知らないとは言え、毎日餃子地獄の綾ちゃんに、今日も作らせちゃって…。

……ところで綾ちゃん、この餃子の肉、なんのお肉？」

大皿に少しだけ残る餃子を指さし、染矢がぽつんと尋ねた。

声からは、すっかりいつもの元気が抜け落ちている。

「え？　豚肉ですよ」

「……嘘《うそ》よ、本当は違う肉なんでしょッ⁉　あいつ、なんかの証拠隠滅しようとしてるに決まってるわ！　そうじゃなきゃ、毎日餃子なんか作るはずないじゃない」

「なんの話だ。証拠隠滅ってのは」

響きのよい低音が、食堂の空気をふるわせる。

びくり、と染矢が彼らしくもなく、跳ねるように振り返った。

「狩納さん……！　お帰りなさい」

部屋の入り口に立つ狩納を見つけ、綾瀬が立ち上がる。スーツの上着を脱いだ狩納が、薄い封筒を手に二人を見た。

「狩納ッ！　あんたフードプロセッサーでなんの肉挽いてんのよ⁉　もしかしたら最初からそれが目的で……」

「わけ分かんねえカマだな。フードプロセッサーがなんだって？　騒いでやがると、手前ェを挽くぞ」

物騒な言葉で一蹴《いっしゅう》し、近づいた狩納が食卓を見下ろす。

少し遅くなったが、狩納も昼食を取るためマンションへ戻って来たのだろう。すぐに食事を用意しようと、綾瀬は台所へ向かおうとした。

「餃子か」

ネクタイを引き抜いた狩納が、大皿を覗き込む。

「本当好きだな、お前」

半ば呆れ、半ば感心するように狩納が呟いた。

思い返すまでもなくここ最近の綾瀬は、餃子ばかり食べている。飽きないと言えば嘘になるが、一人で食事を作り食べる寂しさに比べれば、どうでもいいことだ。

「誰かさんが作った人肉餃子食べさせられすぎて、麻痺《まひ》しちゃったんじゃないの」

心底哀れんだ声で、染矢が呻く。

「じ……」

絶句した綾瀬に構わず、狩納が椅子の一つにどっかりと腰を下ろした。

「綾瀬。フードプロセッサー持って来い。希望通り、ミンチにしてやる」

「やめて下さいよ、狩納さん…！　染矢さんも…」

情けない声を上げる綾瀬に、狩納が餃子を顎で示す。

「韮、まだ残ってんのか？」

「す、少しだけなら……。でも、あの……」

まさか本当に染矢を潰して、餃子を作るつもりなのか。狩納相手だとどんなことでも、冗談だろうと笑ってはいられない。あからさまな警戒を示した綾瀬に、狩納が舌打ちをした。

「こんな変態野郎、挽いても食えるかよ」

忌々しそうに吐き捨てられ、ようやくほっと、綾瀬の肩から力がほどける。

「キャベツはもう使いきってしまったんですが……」

染矢が贈ってくれた野菜は勿論、その後綾瀬が買ったものも、そろそろ冷蔵庫からなくなろうとしていた。

狩納も餃子を作り続けるのに、いい加減飽きてもおかしくない。丁度よい頃合いだろうと思い、綾瀬はキャベツなどを買い足さずにいた。

「買っておいたぜ」

「え？」

投げられた言葉に、綾瀬が大粒の瞳を見開く。

「もうすぐ届くはずだ」

「まさか旦那、まだ作る気なの、餃子」

もう驚くのにも疲れたと言いたげに、染矢が吐き捨てた。

「ちょっと綾ちゃん、あなたからも言ってやりなさいよ。調子に乗りすぎだって」

染矢に鋭く促され、綾瀬が狩納を見る。狩納は面倒そうに染矢を一瞥したが、その言葉をまともに取り合うつもりはないらしい。

染矢が言う通り、止める、べきなのだろうか。

すでに九日間も、狩納は餃子を作り続けている。残念だがそれでもまだ、完璧と呼ぶには及んでいない。飽くなき向上心こそが、狩納を餃子作りに駆り立てるのだろうか。

あるいは狩納自身も、引くに引けないだけかもしれない。もしかしたらこの場で綾瀬が、そろそろやめようと言えば、狩納はさほどがっかりすることもなく、餃子作りを終えるかもしれなかった。

「嫌じゃ…ないです。そうだ！　今度は染矢さんにも食べに来てもらうのはどうですか。そうしたら狩納さんの餃子の腕前も……」

もう、やめてはどうか。

そう言うつもりで唇を開いたはずなのに、自分でも思ってもみなかった言葉が口からこぼれた。

ぎょっと、染矢が目を剝く。

「嫌よ、綾ちゃん。私もっと長生きしたいわ！」

「なんで俺が、こんな変態野郎のために餃子作ってやらなきゃなんねぇんだよ」

間髪入れず、染矢の悲鳴と狩納の怒声とが重なって応えた。

二重にぶつけられた剣幕にたじろいだ綾瀬の耳に、玄関の呼鈴の音が届く。

視線を巡らせた狩納が、のっそりと席を立った。発注していた野菜が、届いたのかもしれない。

「本当にいいの綾ちゃん、あんなに旦那、甘やかして」

煙草を手に玄関へ向かう狩納の後ろ姿に、染矢が毒づく。

「甘やかすだなんて……」

狩納が作った餃子を食べることが、男を甘やかす行為だなどとは綾瀬には思えない。むしろ誰かの手作りの夕食を食べさせてもらえることは、嬉しかった。それが共に台所に立ち、試行錯誤した結果なら尚更だ。

確かに九日間、餃子ばかりの食卓には変化がなかった。それでもあと一週間くらいなら、大丈夫そうだ。その頃には狩納も満足する技術を身に着け、餃子作りを卒業できるに違いない。

「狩納の餃子食べ続けるなんて、なんの苦行よそれ」

「狩納さん上達が早いから、あと一週間も練習すれば、餃子作りに飽きちゃうと思うんですけど…」

それはそれで、少し寂しいかもしれない。

呑気《のんき》に考え、残りの餃子を焼こうと皿を持ち上げた綾瀬は、玄関から響いた物音に顔を上げた。

どすん、と腹に響くような、重い音だ。

「……なに？」

気づいたらしい染矢も、視線を上げる。

「……木箱？」

染矢が言う通り、重い箱を積み上げる物音のようだ。二つ、三つと続いた音に、染矢と顔を見合わせる。

一体どんな大がかりな荷物が、届けられるのか。

狩納が受け取りに行ったのは、野菜のはずだ。そう考えた綾瀬の体から、さっと血の気が引いた。

「…………一週間で、終わるかしらね…」

同情を込めて呟かれ、白い手から皿が落ちる。

「か、狩納さん……っ…」

叫び、綾瀬は怯えながらも玄関へ急いだ。

骨まで愛して

青天の霹靂《へきれき》。

そう呟いてあんぐりと口を開いたのは、誰だったか。

言葉にこそ出さなかったが、大半の人間が同じ気持ちだっただろう。

深く煙草《たばこ》を吸い、狩納《かのう》北《そむく》は自らの右腕を見下ろした。

白いギプスが、太い腕を固定している。

十二月半ばの事故で、狩納は右腕を骨折した。素人工事で拵《こしら》えた櫓《やぐら》が崩れ、鉄骨がぶち当たったのだ。腕を折った以外にも、肩の骨が傷つき、幾つも打撲《だぼく》を負った。

狩納が事故に遭遇《そうぐう》するのはともかく、そこで大きな怪我《けが》を負ったことが、周囲の人間には余程驚きだったらしい。本来ならば、あれだけの事故にも拘《かか》わらず、この程度の怪我ですんだことを驚くべきだ。実際狩納以外にも、幾人か怪我人が出たらしい。

しかし狩納を知る者は、あくまで事故程度で男が怪我をするなどあり得ないと、疑わしげな目を向けてきた。

けたたましい音を立て、崩れ落ちる鉄骨を思い出す。

アスファルトを叩《たた》く轟音《ごうおん》と、泣き叫ぶ女の声。土埃《つちぼこり》や混乱を辿《たど》っても、狩納の胸に特別な感慨はなかった。むしろ腹の底を舐《な》めるのは、鈍い怒りだ。あの瞬間、傍らにいた少年を苦痛の全てから護《まも》ってやることができなかった。

血を流す自分を目の当《ま》たり《あ》にして、息を詰めた姿が蘇《よみがえ》る。目隠し《スモーク》が貼られた窓の外には、汚れた夜のちいさな舌打ちをもらした狩納の視界で、影が動いた。

路地が伸びている。街灯やネオンの光を受け、深夜をすぎたこの時間も周囲が完全な闇に落ちることはない。

左腕だけで、後部座席の扉を開く。ここまでハンドルを握ってきた従業員は、先に運転席を離れていた。アスファルトへ降り立った狩納の肌を、乾いた冷気が刺す。

くすんだ世界の色に、知らず唇へ笑みが浮かんだ。安っぽい明かりに照らされる夜より、余程狩納自身が作る影こそが黒く、深い。

「……っ…」

悲鳴じみた息遣《いきづか》いが耳に届き、狩納は視線を巡らせた。雑居ビルの入り口で、中年の男が棒立ちになっている。

「狩……」

「よう」

気軽な調子で、狩納は声をかけた。

呼吸を乱す男の顔から、さっと血の気が引く。

「ぁ……」

「うちの社員が挨拶《あいさつ》に行ったはずだが、あいつらはどうした？」

背後の雑居ビルを示した狩納に、男が大きく体をふるわせた。

「お、俺は……」

「引っ越すなら連絡の一つくらい寄越《よこ》すのが筋だろ？　借金のある身の上じゃ尚更《なおさら》だ」

雑居ビルの上階から、非常階段を下りてくる足音が響く。ひっと喉を鳴らし、男がたった今自分が飛び出してきた建物を振り返った。

「…す、すぐ連絡するつもりだった。あ、当たり前じゃないか、あんたに連絡せず逃げるわけ……」

「あんた…？」

低くなった狩納の声音に、男が大きく頭を振る。

「し、社長…！　狩納社長……！」

訂正した男が、不意に息を詰めた。動揺に揺れていた目が、狩納の右肩を捉え、そして腕を見る。

狩納が羽織《はお》った上着の裾《すそ》からは、夜目にも白いギプスが覗《のぞ》いていた。あまりに不似合いなその色を、男がまじまじと凝視《ぎょうし》する。

怪我を、負っているのか。

狩納が。

すぐには理解しがたい様子で、男がギプスと狩納とを見比べる。茫然《ぼうぜん》と瞬《またた》いた男の目が、唐突に一つの可能性を過《よぎ》らせた。暗い光を閃《ひらめ》かせた男の背後で、足音が響く。

スーツを身に着けた人影が、大股に非常階段を駆け下りた。狩納の元で働く、久芳操《くばみさお》だ。

従業員の姿を認め、男が犬のように体を揺らす。血走る目が、もう一度狩納のギプスを凝視した。

「どけっ！」

黄ばんだ歯を剝《む》き出しにし、男が怒鳴る。

いかに狩納とは言え、相手は手負いだ。

逃げられる、かもしれない。

常にない可能性に、男がアスファルトを蹴《け》った。

唸《うな》りに似た声を上げ、右腕を狙い体ごと突っ込んで来る。鈍い音が通りに響いたが、しかし倒れたのは狩納ではなかった。

「ッが…っ…」

潰れた音を立て、男の体が転がる。

顔色一つ変えることなく、狩納の足が男の膝《ひざ》を薙《な》ぎ払った。均衡を崩した体が、勢いよくアスファルトへ落ちる。

「……う……ぁ……」

汚れた道に這《は》い、男が泣き声を上げた。立ち上がろうともがく頭上を、黒い影が覆《おお》う。

「どけ、か」

吐き捨てた声が、冷気よりも冷たく響いた。駆け寄った久芳へ、顎をしゃくる。

「口の利《き》き方《かた》から教えてやる必要があるみてぇだな」

見下ろす男の唇が、悲鳴の形に歪《ゆが》んだ。

鍵を取り出そうとし、その煩《わずら》わしさに舌打ちをする。

自宅マンションの前に立ち、狩納は左手に提げた鞄《かばん》に眼を遣《や》った。ギプスにくるまれた右腕の不便さを思うのは、こんな時だ。

ポケットに入れた鍵を取り出すため、鞄を右手に持ち替えることもできない。鞄を通路に置く気にもなれず、狩納は呼び鈴に指を伸ばした。

時刻はまだ辛《かろ》うじて、日付を越えていない。ちいさく息を絞った狩納の眼の前で、待つまでもなく扉が開いた。

「お帰りなさい」

澄んだ声が、狩納を出迎える。

大きく下げた視線の先で、白い容貌《ようぼう》が狩納を仰《あお》ぎ見た。玄関の明かりを受ける瞳は、蜜の色を思わせる。吸い寄せられるように、綾瀬雪弥《あやせゆきや》がギプスに包まれた右腕を見た。

心配そうに男を見回し、異変のないことを確かめてほっと息を吐く。

硬く色を持たなかった蕾《つぼみ》が、綻《ほころ》ぶ瞬間のようだ。何度目の当たりにしても、それは狩納に不可思議な感慨をもたらした。

単純な喜びというには、なめらかには胸に馴染《なじ》まない。むしろ懐疑的な気分に近いのは、自分がこの少年を手に入れた経緯を、一瞬たりとも忘れられないせいだ。

「電話、して下さいね。俺、荷物取りに行きますから」

細い腕を伸ばし、綾瀬が狩納から鞄を受け取る。

狩納が経営する金融会社の事務所は、同じビルの二階だ。近すぎる距離にも拘わらず、怪我をして以来綾瀬は同じ言葉を繰《く》り返した。

「必要なら久芳に運ばせる。心配いらねぇから、お前はちゃんと休んでろ」

左手で、狩納が器用にネクタイをゆるめる。

「…すみません、俺、昨日も…一昨日《おとつい》も、寝ちゃってて…」

書斎へと鞄を運んだ綾瀬が、大きく項垂《うなだ》れた。

狩納と生活を共にする以前、一人で暮らしていた頃の綾瀬に、夜更《よふ》かしをする習慣はなかったのだろう。しかし綾瀬は狩納を待ち、昨夜も遅くまで起きていたのだ。寝不足の目元を見れば、すぐに分かった。

「構わねえって言ってるだろ。大体この時期は立て込むことが多いんだ。先に寝てろ」

世間がそうであるのと同じように、狩納にとっても十二月は慌《あわ》ただしい時期だ。クリスマスや年末年始といった行事は、なにかと金がかかる。加えて金融機関が長期の休みを取る前後は、狩納の周囲も人の出入りが増した。普段でさえ遅い帰宅時間が、連日深夜をすぎることも珍しくない。

昨夜も借金を残し姿をくらませた男を追い、帰宅できたのは明け方近くになってからだ。待ちくたびれた綾瀬が、ソファで眠っていたとしても当たり前の時間だった。

「とんでもないです！　もう、二度とあんな…。起きてますから、俺、ずっと」

「…頼むから寝てろ」

口元を歪め、スーツを脱ごうとした狩納に気づき、綾瀬がすぐに腕を伸ばす。受け取った上着を吊《つ》るし、綾瀬は休む間もなく台所へ足を向けた。

「飲むもの、用意しますね。他になにか必要なものとか、ありませんか？」

狩納が要望を口にするより先に、少年が問う。

あまりの一途《いちず》さに、苦笑いがもれそうになった。

平素から綾瀬は、率先して家事に取り組む。それにも増して、狩納が怪我を負ってからは懸命《けんめい》なまでの熱意を見せた。狩納に不自由がないか、常に気を配り、必要とあれば過剰《かじょう》なほどに手を貸してくれる。気を遣う必要はないと、何度言い聞かせても同じだった。

頑健《がんけん》な狩納の腕が、何故《なぜ》折れたのか。

その経緯を思い出すたび、綾瀬が言いようのない罪悪感を抱えていることを、狩納は誰よりも知っていた。

「ある」

台所へ向かおうとした綾瀬の手首を、左手で掴《つか》む。

引き留められ、小作りな容貌が男を振り返った。人工の光を弾《はじ》く瞳を見下ろし、白い額《ひたい》へ指を伸ばす。親指の腹で眉間《みけん》に触れ鼻筋を辿ると、ぴくりと肩がふるえた。

「そ、そうだ、夜食を……」

「もっと気の利いたもんはねえのかよ」

囁《ささや》き、体を屈《かが》める。縮まる距離を肌で感じてか、瘦《や》せた体が後退《あとずさ》った。

「あ、じ、じゃあ……」

尚も言葉を続けようとする綾瀬の顎を、左手で包み取る。苦もなく掌《てのひら》に収まるそれは、力を込めれば容易に握り潰してしまえそうだ。

肉体的な優位は、本能的な優越を生む。しかし同時に、ひどく脆《もろ》いものを手にした不安が、胸に滲《にじ》んだ。こんな感覚を、狩納は他に知らない。

「っ……」

薄く筋肉を纏《まと》った首筋へ、唇を当てる。

「か、狩納さん……」

困惑に上擦る声が、耳の真横でもれた。

しかし綾瀬は、狩納を押し返したりはしない。単純なことだが、悪い気はしなかった。抗議の声に耳を貸すことなく、唇で綾瀬の咽頭を辿る。

「……ぅ…」

鎖骨《さこつ》に近い場所を吸うと、喘《あえ》ぐような息がもれた。

「ちょ……、危ない…」

狩納の体に押され、綾瀬が半歩後退る。

仕事の多忙さも手伝い、腕を折ってから今日までの十日近く、綾瀬とほとんど体を繋《つな》いでいない。退院後すぐ、貪《むさぼ》るように味わっておきながら、それでは足らないと感じている自分に辟易《へきえき》する。

「狩納さん…っ…」

やわらかに喉を嚙《か》むと、綾瀬がちいさく体を捻《ひね》った。

「う、腕…！　狩納さ……」

切迫した声で、綾瀬が訴える。

下手に暴れ、ギプスに包まれた腕に当たりでもしたらどうなるか。

こんな状況にも拘わらず、怪我を負った男を気遣い、綾瀬は頑《かたく》なまでに体を強張《こわば》らせた。その生真面目さに、息がもれる。

「……必要なもん、つったよな、綾瀬」

自分の唾液《だえき》で汚れた喉元から、狩納はゆっくりと顔を上げた。掌を広げて、ぬれててらつく場所を拭《ぬぐ》ってやる。わざとらしく首筋をさすった狩納を、綾瀬が見上げた。

「風呂、用意しろよ」

顎をしゃくり、にやりと唇を歪ませる。ぶるりとふるえた綾瀬が、大きな瞳を二度瞬かせた。

「…お風呂…ですか…？」

「一緒に入ろうぜ」

口吻《くちづ》けと同じ間合いで、囁く。それは寝台への誘いと、大差ない。

耳の先まで赤く染め、綾瀬は目を瞠《みは》るだろうか。

狩納の予想に反し、少年は大きく頷《うなず》いた。

「はい…！」

歯切れよく応えた綾瀬に、狩納こそが双眸《そうぼう》を見開く。微塵《みじん》の躊躇《ちゅうちょ》も見せず、綾瀬はするりと狩納の腕から抜け出した。

「お湯、丁度沸いてるんです。すぐ、用意しますね」

性的な意味合いがなくても、普段の綾瀬は風呂に誘われ、素直に頷いたりはしない。一人で入れると訴えるのを無視し、強引に連れ込むのが常だった。

それが今はどうだ。当惑するどころか廊下へ急ぐ綾瀬を、狩納は驚きと共に見送った。

思わず、ギプスに包まれた右腕を見る。

大した効果だ。

この怪我は、これほどまで綾瀬を献身《けんしん》的にさせるのか。尤も普段から綾瀬は献身的だが、これはややすぎるくらいだ。

腕の怪我を理由に、綾瀬を萎縮《いしゅく》させたいわけではない。しかし普段は遠慮がちな少年に、こうして甘やかされるのは心地《ここち》好くもあった。

ちいさく息をもらし、風呂場へと足を向ける。

「すぐ行きますから、待ってて下さいね」

台所から響く綾瀬の声に頷き、狩納は左の指で釦《ぼたん》を外した。綾瀬の手を借りることなく、袖口《そでぐち》からギプスを抜く。

腕に怪我を負って最も面倒なことの一つが、入浴だ。腕をぬらさず風呂を使うことはできるが、ギプスに包まれた右腕そのものを洗うことはできない。多忙な時間を縫って病院に顔を出すのは、経過の確認よりも右腕を拭《ふ》くためでもあった。

「狩納さん？」

脱衣所から、綾瀬の声が聞こえる。服を脱ぐ手伝いをするつもりが、すでに男が風呂場へ消えていたことに驚いたようだ。左手でシャワーの栓を開き、狩納は入り口を振り返った。

「入れよ」

「あ…、ちょっと待って下さい、服を……」

脱衣所で、綾瀬が動く気配が伝わる。

逃げ出すことなく、綾瀬は一緒に風呂へ入る気らしい。いつにない素直さに、警戒心を抱く反面にやりと口元が歪んだ。

先に一人で風呂場へ入らず、綾瀬と共に脱衣所を使うべきだったか。真剣な顔で自分のシャツの釦を外す綾瀬を、思い描く。着替えの際、綾瀬は毎日のように手を貸してくれた。しかし口吻けの延長で行うそれとは、やはり意味合いが違う。

にやつく狩納の眼の前で、風呂場の入り口が開いた。

「お待たせしました」

白い素足が、タイルを踏む。

すらりとした足首は、手を伸ばしその細さを確かめてみたいほどだ。しかし今夜に限って言えば、狩納の眼を惹《ひ》きつけたのはそんなものではなかった。

手にした細長い箱を、綾瀬が慣れた手つきで開く。

ラップだ。

「ギプス、包まないとぬれちゃいますよ」

台所から持ち出したのだろう幅広のそれを、綾瀬が器用に広げた。

病院から帰宅した直後も、綾瀬は狩納が風呂へ入りやすいようにと、大きなビニール袋を用意した。それで狩納の腕を包もうというのだ。勿論、狩納は断った。最近は狩納が一人で風呂を使う機会が多く、諦《あきら》めたと考えていたがそうではなかったらしい。

「……俺は野菜か？」

低い呻《うめ》きが、唇をもれる。

「野菜？」

透明なラップを手に、綾瀬が首を傾《かし》げた。

なにより、その綾瀬の出で立《い》ちはどうだ。

素足でタイルを踏んではいるが、それだけだ。くすんだデニムの裾を膝まで折り返した綾瀬は、裸どころかシャツを羽織ったままだった。

袖は肩まで捲《まく》られ、髪はタオルにくるまれている。とてもではないが、入浴しようという姿ではない。

「農作業でもする気か、お前」

手にしていたシャワーノズルを、狩納は躊躇なく綾瀬へ向けた。

「却下」

勢いよく流れる湯を、綾瀬に浴びせかける。高い悲鳴が、浴室に響いた。

「わ…っ」

驚いた綾瀬の手から、ラップが落ちる。拾おうとした綾瀬へ、狩納は尚も湯を浴びせた。

「ちょ…っ、か、狩納さん…！」

「糠《ぬか》喜びしちまった俺も莫迦《ばか》だったけどよ」

裸は期待しすぎだったとしても、せめてシャツくらい脱いでいれば可愛気《かわいげ》もあったのだ。頭に巻いたタオルの厳重さを嫌い、狩納はシャワーノズルを手放した。

「な、なにするんですか、腕、ぬれちゃうじゃないですか！」

水が口に入ったのか、綾瀬が噎《む》せる。それでもまだ狩納の腕を守るため、綾瀬はラップを広げようとした。

「だから俺は野菜じゃねえつってってんだろ」

「野菜って…一体……」

綾瀬の視線が、ギプスに包まれた右腕を追う。あくまでも右腕を気遣う綾瀬の頭から、狩納はタオルを毟《むし》り取った。

「俺は一緒に入るって言ったよな」

タオルで守られていた髪に、指を絡める。綾瀬の首が反り、湯でぬれた胸元までが明らかになった。

「服着たまま、湯船に突っ込まれたいってか?」

低く囁き、ぬっと舌を突き出す。綾瀬の顎先へ、狩納は試すように舌で触れた。

「っ…」

湯の味がする。ひくりと、綾瀬が痩身《そうしん》をもがかせた。シャツを貼りつかせた体が、驚いたようにくねる。

魚みたいだ。

綾瀬がなにかを訴える前に、狩納は唇を口で塞《ふさ》いだ。

「…ぁ……」

鼻に抜けた声音を、心地好く聞く。

痩せた腕が持ち上がり、思わず狩納の体を押し返そうとした。しかし右腕の存在を思い出してか、ぎくりと綾瀬が躊躇する。

今度こそ、声を上げて笑いたくなった。

「く…、…ぅ……」

舌を伸ばし、口腔《こうくう》を探ると同じようにぬれた舌に当たる。熱いものにぶつかりでもしたように、痩せた体が跳ねた。構わず塞いだ唇から、苦しげな息がもれる。後退ろうとする足元が不安定になり、細い足が崩れた。無理に支えることをせず、縺《もつ》れるように床へ落ちる。

「…ぅ…、はっ……、は…」

たっぷりと口蓋《こうがい》を舐め、ずるりと舌を引き抜いた。

シャワーから流れ続ける湯に浸されたタイルは、あたたかい。ぐったりと床に落ちた綾瀬の目元には、薄く涙が滲んでいた。

「すげえ、ぬれちまったな」

胸に貼りつくシャツを、指でつまむ。

頭から湯を浴びせかけたのは、狩納自身だ。それにも拘わらず、やさしくされある声音を与える。

荒い息を吐く肩へ唇を当て、狩納は膝をついて伸《の》しかかった。ぴくりと顎を上げた綾瀬を浴槽《よくそう》に追い詰め、下腹部を探る。

湯を吸って固くなったデニムの下に、明らかな反応があった。

「こっちもぬれちまってんのか？」

「…あっ…」

人差し指と中指を伸ばし、ぐり、と股間《こかん》を押す。口吻けだけで、綾瀬の性器は微《かす》かな変化を見せていた。

「洗わねえと。なあ？」

囁く間も、厚い布の上から性器を押し揉《も》む。揃《そろ》えた指で上下にこすると、指の動きを阻《はば》もうと綾瀬が膝を擦り合わせた。

「腕……」

「お前が暴れたら、ぬれるな」

ひくりと肩をふるわせ、綾瀬が狩納を見る。

「ぶつけちまうかもしれねえし」

意地の悪い言葉に、琥珀《こはく》色の瞳が揺れた。怪我の悪化を危惧《きぐ》すると同時に、狩納が本気であることを悟《さと》ったのだろう。

「だ、だったら、余計に……」

細い声が、悔《くや》しげに掠《かす》れた。生活を共にし始めた頃の綾瀬なら、絶対に口にできなかった類《たぐい》の抗議だ。

生意気だと、腹を立てる気にはなれない。ただ胸を喘がせる仕種《しぐさ》が可笑《おか》しくて、もう一度ぬれた唇を舐めた。

「お前が協力すりゃあ問題はねえ」

より深くまで腕を伸ばし、綾瀬の股間を掌で捕らえる。ぶるっと全身をふるわせ、綾瀬が男の腕にすが縋るように蹲《うずくま》った。

厚い布の下で、綾瀬の熱が増す。いつもより切迫したその熱さに、狩納は自分の唇を舌で辿った。

「俺も協力させてもらうぜ？」

大袈裟《おおげさ》なくらい、水音が響く。

密着した体がほんの少し動くだけで、浴槽の水面が波打った。

「……ぅ…」

うつむいた綾瀬の唇から、呻きに近い声がこぼれる。揺らぐように、綾瀬の上体が傾《かたむ》いた。

「危ねえな」

ふらつく体を、膝を使い器用に支える。

たっぷりと湯が張られた浴槽は、狩納が十分に手足を伸ばせる広さがあった。膝に綾瀬を抱えていても、手狭な印象はない。

大きく膝を開いた綾瀬が、狩納の体を懸命に跨《また》いでいる。向かい合う形で浴槽に沈み、狩納は右腕を縁《ふち》へ投げ出していた。

「…は…、ぁ…っ…」

不規則な水音に、同じように乱れた呼吸が重なる。

体を傾け、狩納は綾瀬の肩に鼻先で触れた。湯に浸した左手は、背中側から少年の尻をいじっている。

「……や…」

狩納の髪が頬《ほお》を掠めるだけでも感じるのか、綾瀬が頭を振った。薄い綾瀬の上半身には、まだぬれたシャツが貼りついている。したたるほど湯を含んだシャツを透かし、上気した肌の色が覗いた。

「倒れたら頭打つぜ。俺は支えてやれねえんだ」

ギプスに包まれた右腕を、軽く持ち上げて示す。真っ赤に色づいた目元が、力なく瞬いて男の腕を見た。潤《うる》みきった瞳にほんの一瞬、正気に近い色が宿る。

その健気《けなげ》さを笑い、狩納は尻に埋めた指を動かした。

「あ…っ…」

ぐっと奥へ沈み込むと、声が引きつる。

狭い場所に、すでに三本の指を突き入れていた。太い指を、クリームで潤《うるお》った粘膜が懸命に呑み込んでいる。水に溶けることのない保湿剤が、水面に所々斑《まだら》模様を描いていた。

デニムを脱ぎ、浴槽へ足を踏み入れたのは綾瀬自身だ。

狩納はただ、促《うなが》すだけでよかった。せめて浴室を出ようと綾瀬は訴え続けたが、結局は唇を噛んだ。

ギプスに包まれた腕を注視し、ふるえる指でデニムの釦を外したのも綾瀬だった。

赤く反り返った性器を、ぬれたシャツの裾が隠す。喉が鳴るほど、いやらしい眺《なが》めだ。

狩納の言葉に従い綾瀬が浴槽へ体を浸したのは、見られる羞恥《しゅうち》から逃れるためもあっただろう。実際肩へしがみつかれると、胸元や股間を眺める楽しみは半減した。

「やっぱ不便だな。一本足りねえと」

突き入れた中指を、上下に揺らす。クリームを塗りつけた肉が、やわらかに狩納の指を締めつけた。吸いつくような感触に、腹の底へ熱が溜《た》まる。何度も出入りを繰り返した入り口は、ふっくらと腫《は》れて熱い。

「自分で触るか?」

尻をいじる腕を揺すり、放り出されたままの性器に体をぶつける。

「…ぁっ…」

ゆらゆらと揺れる性器が、狩納の腹に当たった。狩納にとっては、指が触れるのと大差ない刺激だ。

しかし綾瀬は背骨を軋《きし》ませ、直腸に埋められた指をきつく食い締めた。

「痛ぇなァ。こっちの指まで使いもんにならなくなったら、どうすんだ」

笑い、叱る動きで粘膜を掻《か》く。敏感な場所を刺激されたのか、痩せた体が硬直した。

「や…っ…！」

跳ねた拍子に、もう一度綾瀬の性器が狩納の腹を擦る。

右手が自由になるなら、今すぐにでも掌で捕らえ、締め上げてやりたい。気持ちのよさと痛みを等分に与えられ、身悶《みもだ》える綾瀬を思い描き、狩納は痩せた肩に歯を立てた。

「痛…い…、狩納…さ……」

「悪ぃな」

本当に痛むのは、肩などでなく膨《ふく》れ上がった性器だ。分かっていながら、狩納は歯を立てた場所を、シャツの上から舐めた。

「…あ……」

ずるりと、粘膜をいじり回していた指を抜く。ゆるんだ場所へ湯が入り込むのか、綾瀬がびくびくと尻を揺すった。

「うつぶせになれよ。俺が、触ってやる」

たった今まで指を埋めていた場所を、揉むようになぞる。普段は慎《つつ》ましく閉じている粘膜の入り口が、いやらしく開いていた。

「う……」

腕の位置を入れ替え、下腹を押してやる。満足にいじられていなかったにも拘わらず、綾瀬の性器はすでに硬く張り詰めていた。

大きな掌で包んで、つけ根から先端へと撫《な》で上げてやる。

「や…、狩……」

口では拒《こば》みながらも、綾瀬が喜ぶように腰を揺すった。もっと触って欲しいと、強請《ねだ》るようにしか見えない。

「だから、うつぶせになれって」

尻を掌で包み、細い体を引き上げる。浮力の助けもあり、綾瀬の体は簡単に動いた。しかし本気で暴れられたら、左腕だけでは難儀《なんぎ》しただろう。

目元どころか耳まで赤く染めながら、綾瀬が狩納の望むままうつぶせに体を捻った。

「ちょ…」

顔が水面に沈まないよう浴槽の縁に摑まり、綾瀬が男を振り返る。底に膝をついた綾瀬は、狩納になだらかな背中と尻とを向けた姿勢だ。湯に浸されたシャツの裾を、狩納はぺろりと捲り上げた。

「尻、ちゃんとこっちに向けてろ」

細い腰を、左腕で引き上げる。綾瀬の膝が呆気《あっけ》なく底から浮き、水面から白い尻が覗いた。

「狩……」

体が半ば浮いた姿勢で繫がることなど、考えていなかったのだろう。縁に縋り、上体を起こそうとする綾瀬の尻を、狩納は左右に割った。

「…っ…熱…」

執拗《しつよう》にいじられた場所に湯が当たるのか、綾瀬が唇を噛む。

普段は白い綾瀬の肌が、湯であたためられてほの赤く染まった。割り開いた尻の狭間に、その肌よりも赤い鮮やかな粘膜の色が覗いている。

美味《うま》そうな、色だ。

顔を寄せて舌を這わせる代わりに、狩納は綾瀬の腰に陰茎《いんけい》を擦りつけた。

「あっ…」

十分に勃起《ぼっき》した肉が、クリームでてらつく入り口を小突く。反射的に腰を引こうにも、逃げ場があるわけでもない。

たぱんと音を立てて、水面が何度も揺れた。湯に半ば沈んだ入り口に視線を定め、慎重に性器を進める。

「ぁ……、嫌……」

泣き声じみた声を上げ、綾瀬が縁に爪を立てた。

それでも足をばたつかせ、狩納を困らせたりはしない。張り詰めた尻を左手で掴み、狩納は低く笑った。

直腸のきつさに、興奮する。

あれほど入念にほぐしても、狭い場所を開くには狩納の性器は太い。ゆっくりと腰を突き入れると、苦しみながらもやわらかい粘膜が形を変えた。

「…は、……ぁ、あ…」

狩納の動きに合わせ、水面から覗く背中がのたうつ。

寝台で繋がるより、粘膜は湯に浸されてやわらかい。湯を弾くクリームの、つるりとした感触に奥歯を噛んだ。

「上手くなったな。簡単に入るぜ」

顳顬を伝う汗を感じながら、低く囁く。

そっと腰を揺らすと、繋がった体が大きく上下した。浴槽の縁や爪先で体を支えようにも、綾瀬の体は湯に浮いてしまう。たぷんと籠《こも》った水音を立て、狩納が望むままに動いた。

「あっ……」

膝を進め、腹の下へと腕を伸ばす。ぬるりとした体液をこぼす性器を、狩納は掌で捕らえた。

「…っ…ァ…触……」

甲高い声が上がり、綾瀬の直腸がぎゅっと性器を締めつけてくる。痺《しび》れるような心地好さに、狩納は奥歯を噛んだ。

腹側から支えるように、性器の先端に人差し指を引っかける。抉《えぐ》れた部分を親指で擽《くすぐ》ると、綾瀬が尻ごと体を捻った。

「や…っ…！　痛…い…」

「逃げるな。腕がぬれちまう」

本当はそんなこと、どうでもいい。それでも言葉にして脅《おど》し、膝に体重を預けて入り込む。綾瀬の指が咄嗟《とっさ》に縁に縋り、ぱしゃんと音を立てて水面を打った。

「…あ……」

強張った体とは対照的に、手にした性器は気持ちよさそうにふるえている。湯のなかでも、とろりとした体液が滲むのが分かった。

「っ…ぁっ…、出る……」

首を振って訴えるのにも構わず、深くまで腰を突き入れる。立て続けに悲鳴が上がって、繋がった体がぶるりとふるえた。

「あ……」

湯とは違う熱さが、性器を包む掌にあふれる。とどめようにも、それはすぐに指からこぼれ湯に混じった。ひくつく性器を締め上げると、綾瀬の顎がずるりと水面に崩れる。

「う…、く……」

縁に縋る腕に額を押しつけ、綾瀬が苦しげな声を上げた。搾《しぼ》り取られそうな圧迫の強さに、狩納もまた息を詰める。

「…ぁ…、狩…」

まだふるえ続ける性器を、ぬるぬると扱《しご》き立てた。休ませることなく与える刺激に、熱い肉が苦しみながら狩納を締めつけてくる。ゆっくりと腰を引き、その心地好さを味わった。

「待……、動…か……」

「できるかよ」

低く笑い、引き抜いた性器をずるりと突き入れる。

「ア…っ…」

「久しぶりなんだぜ？」

大きく波が立って、綾瀬の体がかわいそうなほど揺れた。ぴったりと包まれた直腸の奥で、狩納の性器が撥《は》ねる。

たまらなく、気持ちがいい。

深く息を吸うが、蒸気が充満した浴室の空気は重かった。濁《にご》った熱に、汗が顎を伝って落ちる。

「自分で触ってたのか？　ここ」

性器を指で弾くと、狩納を呑み込んだ場所がもの欲しそうに竦《すく》んだ。

「…あ…、そん…な……」

水面に顔を落とすまいと背を反らせ、綾瀬が懸命に首を振る。

細い声音の心地好さに、狩納は口元を歪めた。気紛《きまぐ》れに腕を伸ばし、胸の突起を指で捏《こ》ねる。引っ搔くように爪でいじると、綾瀬の踝《くるぶし》が浴槽にぶつかった。

「つまんねぇだろ。自分でいじっても」

水音を立てて、腰を揺らす。大きく腰を引くと、湯と共に綾瀬の背中が波打った。

「ひ…ぁ…」

「腕が治ったら、たくさんしてやる」

ぐっと腰を押しつけ、揺れ続ける肩口に唇を寄せる。ぬれた目が、肩越しに狩納を見た。

「…ぁ…、狩……」

琥珀色の瞳が、瞬く。右腕がぬれるのも構わず、狩納は痩せた体を引き寄せた。

「すぐに、よくなる」

囁き、白い鼻梁《びりょう》に歯を立てる。

それは怪我をした夜以来、狩納が幾度となく繰り返した言葉だ。

「……っ…」

覗き込む瞳が、湯とは違うしずくに潤む。

何者の涙も、狩納にとっては意味のないものだ。しかしこの少年が流す涙だけが、自分を不安定にする。

快楽に負けこぼれる以外のどんな涙も、見たくはない。

怪我を負い、病院の寝台に横たわる自分を凝視した、綾瀬の瞳が蘇る。

ただ茫然《ぼうぜん》と立ちつくす綾瀬は、涙さえ忘れていた。光を宿さない瞳は、うつくしいだけの石と大差ない。今にも崩れ落ちそうな少年を繋ぎ止めることができるのなら、腕などいくら折れても構わなかった。

「心配するな」

舌を伸ばし、ぬれた頬を舐める。長い睫《まつげ》を吸うと、湯に混じって涙の味がした。

「狩……」

細い声が、繰り返し自分を呼ぶ。

密着した体が、ぶるりとふるえた。刺激に逆らわず、狩納もまた息を詰める。

「…ぁ…」

眼を閉じて、唇を掠めた吐息を嚙む。

繋がった体を揺らし、狩納は全てを注いだ。


「ご機嫌やなあ、兄さん」

書類を手にした祇園寅之介《ぎおんとらのすけ》が、顔を歪める。

朝の日差しに照らされる祇園は、いささか眠そうだ。いくらアルバイトのためとはいえ、午前中に起き出すのは辛《つら》いのだろう。

「無駄口叩く暇があったら働け」

革張りの椅子に体を預け、狩納は手渡された書類に眼を遣った。

「勤勉に働いてますやん。まぁ、このクッソ忙しい書き入れ時に、借金残して逃げとった男まで捕まえる兄さんには負けるけど。あのおっさん、クリスマスも正月も、蛸部屋《たこ》ですごすんやろなあ。カワイソーに」

「お前も行くか。今すぐ」

「ご、ご冗談をッ！　あのおっさん、命まで取られへんかっただけ感謝せんとね！　ホンマ慈悲深すぎやわ兄さん。聖夜に舞い降りた天使ですわ」

狩納の言葉が冗談でないことくらい、つき合いの長い祇園には分かるのだろう。警戒を露《あらわ》に、祇園が後ろへ飛び退《との》く。

しかしすぐに拳《こぶし》が飛んでこなかったことに安心したのか、首を伸ばして右腕を覗き込んできた。

「……実はレーザーガンとか仕込んであるんですやろ？　右腕折ってこの活躍ってあり得へんちゅうか、兄さんが右腕折るなんて、マジあり得へん」

狩納の右腕は、いまだ頑丈なギプスで固定されている。よく見れば、白い包帯に昨日はなかった水染みがあった。

どうせ午後には新しい包帯に取り替えるのだ。昨夜浴室ですごした時間を思い出し、狩納は薄く唇を笑わせた。

「や、やっぱり…ッ！」

狩納の口元を見咎《みとが》め、祇園が裏返った声を上げる。

「違ぇよ。黙れ」

「じゃあなんでそんな上機嫌……あ。綾ちゃんやな」

不意に、祇園の声に真剣な響きが籠った。得心した様子で、びしりと指を突きつけてくる。

「兄さんのギプスに騙《だま》されて、綾ちゃんがやさしくしてくれるから鼻の下伸ばしてんねやろ！　そうに決まってるわ！」

叫んだ祇園が、机《デスク》に両手を突いて身悶えた。

「綾ちゃん、感じんでもええ責任、目一杯感じとるみたいやもんなぁ。事務所でも至れりつくせり頑張って。家んなかやったらどんなご奉仕強《し》いられとんねや！　気になるぅ！」

こうした話題に関して、祇園は妙に鼻が利く。実際綾瀬の献身は、祇園が想像する以上のものだ。湯に浸かり、ぐったりと崩れ落ちた綾瀬の重みを思い出す。恥ずかしい姿勢を強いても、綾瀬は抗《あらが》ったりはしなかった。腕を折ったことは煩わしいが、その対価がこれならば、悪くはない。

無論狩納が怪我を負ったことに関し、綾瀬は何一つ責任を感じる必要はなかった。むしろ病院を畏《おそ》れる少年に、あんな形で自分を見舞わせたことは不覚としか言いようがない。

狩納まで健康を害し、離れていくのではないか。その不安に立ちつくす綾瀬を思い描くと、喉の奥が苦くなる。同じ献身が引き出せるとしても、望んで再び怪我を負おうとは思わなかった。

「ええなー。綾ちゃんが色々お世話焼いてくれるんやったら、骨ぐらい安いもんや。案外怪我してよかった、とか考えてるんやろ、兄さん」

唇を尖《とが》らせた祇園を、狩納が正面から見遣る。

今度こそ、殴《なぐ》られるのではないか。

息を呑んで身構えた祇園に、狩納はにやりと唇を吊り上げた。

「かもな」

適当に応えた狩納の耳に、扉を合図《ノック》する音が届く。大きく顔を引きつらせた祇園が、助けを求めるように扉を振り返った。

「ど、どうぞー」

自分の代わりに応えた祇園を窘《たしな》めるのも面倒で、机の抽斗《ひきだし》を開く。新しい煙草を取り出そうとした男の指へ、つるりとした包みが触れた。

「…なんすか、兄さん」

狩納の手元に気づき、祇園が首を傾げる。

抽斗に収められているのは、煙草ではない。

見慣れない袋が、こぼれそうなほど抽斗に詰め込まれている。怪訝《けげん》な表情で、狩納はちいさな包みの一つをつまみ上げた。

「……小魚アーモンド…」

単調な声音が、戸口に落ちる。

扉を開いた久芳操が、感情のない眼で狩納の手元を見ていた。

「まだたくさんありますから、食べて下さいね」

久芳の後ろから、やわらかな声が上がる。男たちの眼が、一斉に小柄な綾瀬を捕らえた。

ちいさな盆を支え、綾瀬が社長室の扉をくぐる。

昨夜の名残か、ほんの少し足元が覚束《おぼつか》ない。立ち上がって支える代わりに、狩納は手のなかの袋と綾瀬とを見比べた。

「煙草はどうした」

普段、狩納は仕事中に間食を取らない。覚えのない菓子よりも、あるはずの煙草の所在を尋ねる。

「預からせてもらいました」

短い躊躇の後、綾瀬が意を決して応えた。祇園と久芳とが、視線を見合わせる。

「どうしたん綾ちゃん。煙草、不良品でも混ざっとった？」

まさかなー、と声を上げて笑った祇園に、綾瀬が首を横に振った。大きく息を吸った綾瀬が、思い詰めた表情で狩納を見る。

「禁煙、して下さい」

言葉の耳慣れなさに、狩納は眉をひそめた。その場にいた祇園や久芳もまた、驚いた目で綾瀬を振り返る。

「お願いします！　腕が治るまででもいいんです…！　煙草吸うと毛細血管が収縮して、傷の治りが悪くなるんです。その上骨へのカルシウムの吸収もされ辛くなって、骨折リスクも上がります。だから……」

「な…、綾ちゃん、禁煙言うたら、慈悲と禁欲に次《つ》いで兄さんから最も遠い言葉の一つでっせ！」

驚きながらも叫んだ祇園を、狩納は鋭利な視線で一瞥《いちべつ》した。

実際禁煙など、考えたこともない。手にした小魚の包みを、狩納は綾瀬へ突き返した。

「言ってんだろ。骨なんてすぐくっつく。煙草、返しな」

「駄目です！」

きっぱりと、綾瀬が首を横に振る。

狩納から煙草を取り上げたなら、どんなことになるか。祇園も久芳も、そんな想像したくもない。

綾瀬を諫《いさ》めようと、祇園が開きかけた口を閉じる。無駄であることを察したのか、久芳と共に逃げるように踵《きびす》を返した。

「き、急用思い出しましたんで、これでー！」

部屋を飛び出し、ばたんと音を立て扉を閉じる。

「すみません、勝手なお願いなのは分かってます。でも……」

「必要ねえ。昨夜も証明してやったろ？」

尚も言い募《つの》る綾瀬へ、狩納は腕を伸ばした。引き寄せようとすると、綾瀬が手にした盆を慌てて机に置く。

「だからです…！　あ、あんなことして、腕……」

昨夜の疲労を残し、青褪《あおざ》めていた綾瀬の頬が赤く染まった。身を捻り、距離を取ろうとする体を狩納が左腕だけで引き寄せる。

「なんともねえよ。お前が協力さえすりゃ簡単にできただろ？」

「できません…！　俺のせいで、狩納さん怪我したのに、俺、莫迦だ…、昨夜……」

浴槽に縋り、自分がどんな姿で男と繋がっていたか。それを考えることより、怪我をした男と及んだ行為の意味に、改めて打ちのめされたのだろう。唇を噛んだ綾瀬が、頑なに首を横に振る。

狩納の腕に、別状はないのだ。苦にすることはなにもない。耳元に唇を寄せ、そう囁こうとした狩納の胸を、細い腕が押し返した。

「煙草も、あんなことも、今後一切禁止です…！」

精一杯見開かれた目が、ギプスに包まれた右腕を注視する。

この腕を守るために、綾瀬が導き出した結論がこれなのか。

怒鳴りつけてしまいたい気持ちを、狩納は大きく息を吸って呑み込んだ。莫迦莫迦しい。気持ちを落ちつけようとコーヒーカップへ腕を伸ばし、狩納がその動きを止める。

「なんだこれは」

コーヒーが注がれているはずの器を見下ろし、狩納は眉をひそめた。

「牛乳です」

そんなものは、見れば分かる。

生真面目に応えた綾瀬が、カップを狩納へ突き出した。

「骨折を早く治すには、カルシウムが一番です」

生真面目に応えた綾瀬の目は、真剣そのものだ。

「……今朝妙に魚ばっか食わせると思ったら…」

朝食の光景を思い出し、低く唸る。

煮干しが底に沈んだ味噌汁に、目刺し、小魚の佃煮《つくだに》など、食卓に並んだのはほぼ全てが魚だった。

珍しいこともあるものだと、気に留めずにいた自分は愚か者だ。

あの時点で、気づくべきだった。

綾瀬は、本気だ。

煙草を取り上げ、小魚を用意する。その熱意は昨日まで、狩納の腕を気遣い、世話を焼いてくれたものと同じだ。すぎるほどの熱心さで、綾瀬は男に禁煙を促し、魚の小骨を食べさせようと言うのか。

「飲んで、下さい」

陶器《とうき》のカップを、綾瀬がぐ、と突きつける。

並々と牛乳が注がれたそれを、狩納は奥歯を噛んで見下ろした。打ち払う代わりに、引き寄せた綾瀬の唇に口を押し当てる。

「楽しみな、綾瀬。俺の腕が治ったらどうなるか」

腕が一日快癒《かいゆ》に近づけば、それは狩納が綾瀬を自由にできる日が同じだけ近づくということだ。

「昨日程度ですむと思うなよ」

苦々しい舌打ちと共に、カップへ腕を伸ばす。後はただ一息で、狩納は牛乳を飲み乾した。

…あの… 言いましたよね 俺…
「染矢さんの事務所でアルバイトさせてもらうための服」って……!!
なーんだ
てっきりオカマバーの染矢くんの方かと
まあいいや着てみてよ
法廷コスプレ的な
最終的にシンプルなスーツを用意してもらった綾瀬だったが
綾瀬さん珍しいスね男装なんて
あら綾ちゃん今日は男装?
……

ちゃんと寝てろよ北
そうすればこの中に
サンタクロースがプレゼントを入れてくれるからな！
いいな狩納！
ちゃんとやれよ
チッ
チッ
チッ
チッ
チッ
ガタ
まだこねーぞさんた……
この記憶は
二歳児の脳から消去された

あとがき

この度は『お金はあげないっ』をお手に取って下さいましてありがとうございました。悪徳（？）金融屋と、そんな男に借金で拘束されている大学生君のお話です。

前作よりちょっと間が空いてしまいましたが、お陰様で新しい新書を作って頂くことができました。今回も超素敵なリボン拘束表紙を描いて下さった香坂《こうさか》さん、本当にありがとうございました…！　綾瀬《あやせ》の股間の苺がたまりません。四コマも…！

海よりも広いお心でご尽力下さったみゆき様。みゆき様なくしては形になりませんでした。そしていつも根気強くおつき合い下さるS様。今回も本当にお世話になりました。ご指導頂くに足れるよう一層努力して参りたいと思います。

最後になりましたが、この本をお手に取って下さいました皆様に、心より感謝申し上げます。ほんの少しでも楽しんで頂くことができたら、これ以上嬉しいことはありません。ご感想などお聞かせ頂けましたら、飛び上がって喜びます。また目にかかれる機会がありましたら幸いです。最後までおつき合い下さいまして、ありがとうございました。

篠崎《しのざき》一夜《ひとよ》

http://sadistic-mode.or.tv/（サディスティック・モード・ウェブ）

初出

お金はあげないっ ―― 書き下ろし
食べきれないっ ―― 商業誌未発表作を加筆修正
骨まで愛して ―― 「お金がないっ」OVA化記念小冊子収録作を加筆修正

この本を読んでの
ご意見・ご感想を
お寄せ下さい。

〒151-0051
東京都渋谷区千駄ヶ谷4-9-7
(株)幻冬舎コミックス　リンクス編集部
「篠崎《しのざき》一夜《ひとよ》先生」係／「香坂《こうさか》 透《とおる》先生」係

リンクス ロマンス

お金はあげないっ

2014年3月31日　第1刷発行

著者……………篠崎《しのざき》一夜《ひとよ》
発行人…………伊藤嘉彦
発行元…………株式会社　幻冬舎コミックス
〒151-0051　東京都渋谷区千駄ヶ谷4-9-7
TEL 03-5411-6431（編集）
発売元…………株式会社　幻冬舎
〒151-0051　東京都渋谷区千駄ヶ谷4-9-7
TEL 03-5411-6222（営業）
振替00120-8-767643
印刷・製本所…共同印刷株式会社
検印廃止

ISBN978-4-344-83087-5 C0293
Printed in Japan

幻冬舎コミックスホームページ　http://www.gentosha-comics.net